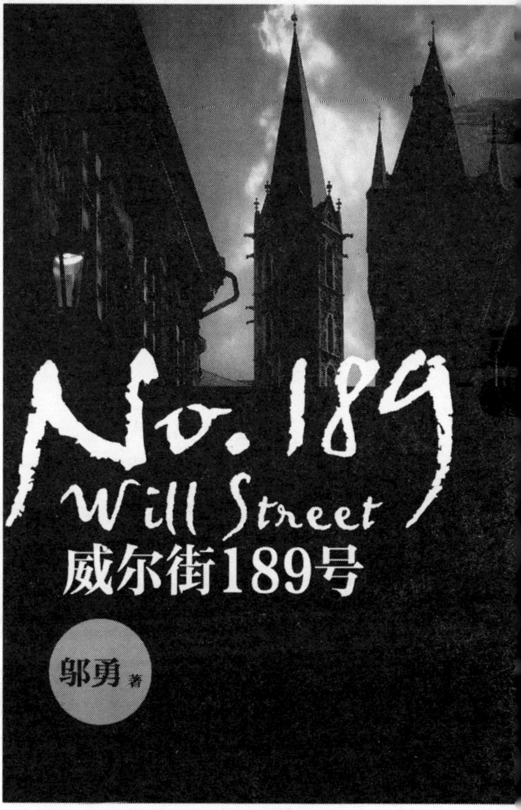

No. 189 Will Street

威尔街189号

邬勇 著

重庆出版集团 重庆出版社

图书在版编目(CIP)数据

威尔街189号/邬勇著. —重庆:重庆出版社,2014.9
ISBN 978-7-229-08260-4

Ⅰ.①威… Ⅱ.①邬… Ⅲ.①侦探小说—中国—当代
Ⅳ. ①I247.5

中国版本图书馆CIP数据核字(2014)第140245号

威尔街189号
WEI'ERJIE 189 HAO
邬 勇 著

出 版 人:罗小卫
责任编辑:钟丽娟
责任校对:胡 琳
装帧设计:八 牛

重庆出版集团
重庆出版社 出版

重庆长江二路205号 邮政编码:400016 http://www.cqph.com
重庆出版集团艺术设计有限公司制版
自贡兴华印务有限公司印刷
重庆出版集团图书发行有限公司发行
E-MAIL:fxchu@cqph.com 邮购电话:023-68809452
全国新华书店经销

开本:880mm×1 230mm 1/32 印张:6.5 字数:145千
2014年9月第1版 2014年9月第1次印刷
ISBN 978-7-229-08260-4
定价:24.00元

如有印装质量问题,请向本集团图书发行有限公司调换:023-68706683

无所事事，我推开摇晃的房门想出去走走，找杯喝的，我已经很久没有喝酒了，就连咖啡也好久没碰，医生告诉我，忍不住要喝酒的时候就冲杯咖啡吧！而我居然连一杯咖啡都不需要，我为自己戒酒的决心感到骄傲，这绝对算得上是一件荣耀的事儿！

我来这座小岛已经十来个年头了，南半球，海洋性气候，离小岛最近的除了南极，还有死亡。

“哐”我迅速合上了房门，“该死的天气，这么冷！”我得找件外套，算了，还是直接裹上大衣吧！这可是我父亲留给我的唯一家当呢！

上哪儿去呢？对了，去哪儿呢？我平常都去哪儿？酒吧？教堂？哦，该死的！这么大的城市我竟然只想到了这两个鬼地方，我是个酒徒还是个满身罪恶的人呢?！真晦气！

“尊敬的苏贝先生，我得提醒您一件事儿……您的房租已经拖欠了一个礼拜了！”倒霉透了，刚走出破胡同就遇到他。

“喔！善良的房东，我这就去银行取款给您，您明晚过来取吧！”我露出亲切的笑容，我可真是个小人！

“还有两个月的水电费！”

“真该掉钱眼儿里挤死！矮子鬼！晦气！”我嘀咕着，朝着东街走了过去。

好吧，不用再折腾去哪里了，全是这鬼天气害的，整条东街连个人影都没有！我看了下手表！真要骂祖宗了！出门前忘戴手表！算了，估计下午3点左右的样子，我坚定地告诉自己。

3点左右？我像唤醒了我久违的记忆一般，被惊醒了！哦，妈的！我这脑子里还能想点别的么？下午3点是东街最有名的“布道人”酒吧聚会的时间！

哦，等等——我似乎忘了自我介绍。

正如那矮墩子所称呼我的，当然我的名字从他的嘴里吐出来会听不到一丝尊重。我叫苏贝，很多年前我来到这里，当时我追寻谋害我妻子的凶手，最后线索在这里断了，当然这么多年来我从未放弃，尽管我依旧毫无所获。

哦，抱歉。我差点不诚实。我是一个酒鬼，一个嗜酒如命的家伙，我有一半的开销花在了酒水上，这导致我长期以来生活得窘迫，有时候想想，我应该是这里最穷的人，可是政府却不愿意为我申请补助，我为此去法院状告政府，他们歧视一个爱酒的人，你猜怎么着？最后我胜诉了！他们愿意每个月派人送给我两瓶芝华士。

而此刻，我站在“布道人”门口——

我可不能去，我现在可是禁酒之人，这是我的荣耀所在！不过我就这样打道回府？没准儿还会碰上那可恶的矮子鬼呢，他或许还在那边挨个儿收租呢！对了，我把这茬儿给忘了，我得去银行，把这该死的房租给补上，不然我真该相信明晚我就会被他赶到马路上去！

我继续向前走着，前面转角处有个银行，我不会告诉你这条路会经过“布道人”酒吧的门口，因为我不会看一眼，戒酒之人的荣耀不在于他成功戒酒，而在于他压根对酒就不屑一顾！

在取款机前我犹豫了一下，我得多取点，谁知道那扯淡的水电费是多少钱呢！2000块吧，取完钱后看到那显示的可怜的剩余款，我计算着我什么时候会成为一个流浪汉，然后在这狗血的天气里躲在某个角落，我连买一个热狗的钱都没有！

我抽出2张，把其他的钱装进我的大衣，我得买点吃的东西回去。我走进附近的一家超市，在食品区徘徊着，“这么贵！”我低声自言自语着。

“哦，苏贝先生，真巧啊！”有人拍我的后背，我回头看了一眼，是罗不拉，他是本市的首席探警，大公无私，为民服务，深受群众喜爱，但我总是避免和他打交道，而有的时候是躲不过去的，就像现在这样。

“罗探长，久违，久违了！”我更亲切地回应道。

“这天气真够冷的，走，我们去隔壁的咖啡店喝上一杯！”

说罢，他便拉着我走出了超市，我却陷入一个问题：喝咖啡算戒酒失败么？毕竟我也很久没有碰咖啡了。我可不能功亏一篑，与其因喝咖啡让我的戒酒计划失败，为什么不直接去喝杯酒呢？这样还来得划算，至少我心服口服，心里没梗。

“不好意思，苏贝先生，这家咖啡店今天关门了！要不我们去对面的‘布道人’喝上一杯吧？”我们走到咖啡店门口，店内的玻璃门内贴着“今天暂停营业”。

罗不拉的话说中我的心思，有时候当你在犹豫不决时，如果身边有个人能推波助澜一下，你往往就能够果断地选择。

所以，我点头同意了。

“大冷天的喝点什么好呢？”

“姜汁酒吧！”

“真不愧是苏贝先生呀！好，来两杯姜汁酒！”

这话我倒是听着有点讽刺，不过我很确定的是，我在医院的事儿他一定不知道。

“苏贝，”他喝了一口热乎的姜汁酒，“你是我见过的最出色的侦探，你知道的，我们需要你。”

老生常谈，这也是我害怕碰到他的原因之一，尽管我每次都回答他：“您抬举我了，像我这样的要是进了警署，只会把您的警署搞得鸡犬不宁，到时候给您脸上抹黑。”

“你对这个案子有什么看法？”他“峰回路转”，搞得我莫名其妙。

“什么案子？”我疑惑问道。

“你别卖关子了，你会不知道么？”

莫非我错过了什么，他说的这个案子指的到底是什么？难道是上个星期发生的，而我那时候一直躺在医院？不行，我可不能说我因为躺在医院的病床上所以不知道。

“那您得先给我详细说说这个案子，我只了解了个大概。”我吞了一口热酒，想用行为掩饰谎言。

罗不拉双手握住了杯子，也真够冷的，这里也没个暖气什么的。“布道人”今天取消了聚会，这鬼天气有谁还想出门受罪！酒吧柜台上也就坐着我们两个人。

一个星期前，也就是星期二下午，在威尔街189号发生了一宗命案，死者是一位女子——

“等等！威尔街是西街上的那条吗？那条街都是居民区的吧？”我打断了他的讲述，我只是希望我得到的信息是完整的、充分的、准确的，这是侦探的基本职业素养。

“是的，在这个城市没有第二条威尔街，不过189号不是居民宅，是一个私人旅馆。我可以往下面继续说了么?”我的唐突和冒失明显让这位受人尊敬的探长感到一点厌烦，可是我习惯这样了。

死者是一位住宿的女子，身份还未查明。发现死者的人是旅馆老板，根据他的描述，每个旅客退房要在下午2点之前，如果是续租的话要在12点之前，可是她既没有续租也没有退房，他2点的时候去敲了一次门，没有人应，也许是客人外出所以没在意，3点的时候他又去敲门，还是无人应答，到5点的时候，依旧没人应答后他便用备用钥匙打开了房门，却看到床上躺着一具尸体，地板上血流成河。

罗不拉喝了口姜汁，继续讲道。

大约在接到电话后10分钟的时候，我们便赶到了旅馆，那老板战战栗栗地守在旅馆门口等我们。

说到这里的时候，罗不拉不免吞了吞口水，我感觉到他少有的紧张和恐慌。

“死者是被割脉而死。”他拿出一叠照片说，“这些都是现场照片。死亡时间不能准确判定，你知道这跟她失血的速度有关，等我们检查尸体的时候，她全身的血都已经流干啦，唯一能判断的就是她手腕上的刀口，但肯定是有误差的，我是说，在几十分钟到几个小时之内不等。”

“如此看来，是一宗自杀案件。”我从他的叙说里找不到其他的破绽。

“你这么认为?”他反问我道。

“至少从你的叙说中找不到被谋杀的破绽。”

“是的，明天就要结案了，被定为自杀，但是现在死者的身份还未查清。”

“尸检结果怎么说?”我追问。

“她怀孕了——”他说,“有母亲会自杀然后连自己的孩子也杀了么?”

“也许她憎恶这个孩子,”我说,“或者她还不知道自己已经怀孕了。”

“一尸两命,不明不白。”他放下了杯子,揉了揉眼睛。

“走!”我起身说道,从大衣里掏出100块钱放在了柜台上。

“去哪儿?”罗不拉抬头看了看我,同时将100块钱揣回我兜里,“下次你请!”

“那等我们从旅馆回来再来喝杯!”

一条街行人稀落,店铺也都“关门大吉”,从东街到西街一会儿工夫就到了,当然我是搭着罗不拉的车过来的。车子停在了一家私人旅馆门口,不过没有招牌,唯一能让人判断的是门牌:威尔街189号。

“自从这里犯了命案,生意也不好做了,有谁想在死过人的旅馆里过夜呢?唉!”罗不拉悲叹了几声。

“这位是苏贝先生,是——”

“是罗不拉的老朋友,你好!”我赶忙打岔,我怕他下一句就是,他是一个酒鬼。

“你好!我姓曾,你喊我老曾就成,我是这家旅馆的老板。”他无奈地笑了笑,谁也不想自己的旅馆内发生这样的事情。

“那老曾你去忙吧,我们再去那间小屋看看!”跟着罗不拉我们进了角落处的一间简陋的小屋子,也就是案发现场。

“这里除了尸体，其他的东西都没有移动过。明天要结案了，今天是最后的机会!”罗不拉说道，“这屋子只有这扇门，没有窗户，是最便宜的房间。”

“旅馆有安装摄像头么?”我问道。

“别当这儿是希尔顿，只有大门口有个摄像头，而且不是红外摄像，晚上还不如一瞎子。”罗不拉回答我，“见鬼！凶手肯定事先都摸清了这里的情况!”

我又反复检查了衣柜、床单，还是没有发现任何可疑线索，所以，这就是一宗自杀案件。死者将门反锁，然后割脉自杀。

“我想和老曾单独谈谈。”我说。

“好，我在门外等你!”这要搁以前的罗不拉肯定会大怒道：我是本市探长，有什么不能让我知道！但是现在，他必须要遵守我的游戏规则。

我在二楼楼梯口找到老曾，他正在收拾清理每间屋子，一袋袋的装的都是房间里的用品，都是些洗漱用品、毛巾、拖鞋、热水壶之类的。

“看来，你这旅馆的房屋还是有档次之别的嘛，你看，有的屋子就有空调、热水壶，有的屋子就啥也没有。不过你那热水壶倒是可以卖我一个，我刚好缺个。”我半开玩笑说着。

“那可不，简单点的房间价格便宜，贵点的房间条件毕竟要好点嘛，总得给客人一些选择。”

“那她的那间屋子应该是最简单的了?”

“是的，她那天来住宿的时候就要了那间。也就是不带卫浴，没有热水壶、空调、电视机。”老曾继续说道，“不过——”

“不过什么?”一丝痕迹都有可能成为关键性的线索。

“不过，她那天来——，你知道的，一般人家住宿都询问房间条件什么的，然后问价格，要么就反过来先把价格问个遍，然后再按照自己能够接受的价格上下询问房间的条件，有没有带卫浴、宽带什么的。可是她一来就说，她要一楼的那间房间，感觉她好像以前在我这旅馆住宿过似的，而且还很熟。”

“当晚住一楼的有多少人？”

“就她一个，其他人都住在二楼，”老曾说，“真是奇怪，好像在故意配合她自杀呢！”

“她没有登记身份证么？”事实上，我肯定她没有登记或者是假登记，否则警署怎么会不能确认身份呢。

“你知道我这儿是私人小旅店，只要有客人来，我们就提供周到的服务，即便是客人不愿意显露自己的身份，我们也是一样对待！”

“那你记得她来的时候的打扮是什么样的？”

“这个我记得很清楚。她看上去30不到的样子，打扮得很清爽，说话客气，很有礼貌，算不上富家小姐，倒也是有学问、有修养、不缺钱的人，所以她要那间简陋的屋子我当时还很惊讶，不过这是客人自己选择的，也不好多问什么。”

我记性不太好，所以我总是有随身带着笔记本的习惯，我掏出笔记本，将刚才老曾的话简略地记录了下来。

“老曾，谢谢你，你继续忙吧！”我收好笔记本，说道。

“等等，来这个给你，不用去买了。”老曾递给我一个热水壶，善意地说道。

我拿着热水壶上了罗不拉的车子，他惊讶地望着我。

“偷的！”我说。

份的东西，所以在谈话时来上一句“喝咖啡么”就会显得自己很有品味，好像顿时脱离了凡夫俗子之身。而我，只是用以暂时补偿自己内心的罪恶感，我始终认为虽然我沾酒了，但是我还能保持最后的一点尊严，你看，我喝咖啡了，说明虽然我很喜欢酒精的味道，但是我喝着咖啡，我是个禁酒之人！

第二天早晨，我便清醒了。是的，我清醒了，居然没有头疼欲裂之感，这可真意外呀！我盯着桌上的咖啡包，佩服自己昨晚的行为，那是再正确不过的了！

一晚上过去了，天气还是没有多大变化，出门后我又思索着同样的问题：该去哪儿呢？干吗去呢？这和昨天没有什么两样，整条街依旧没什么人，或者更准确地说，在我的视野范围之内我只看到了我独自一人，而昨天我可糟糕透顶了，在这里遇到那矮墩子两次！看来我今天的运气还算不错！我心里庆幸着。

不知去向，去东街？那里有我认识的不少熟人，我得找个人聊聊天，真够闷的！去西街？那里住着我的一位老朋友，我们好久没见了。

与其左右不定，不如听天由命。硬币朝上我便去西街，反之去东街。我抛出硬币，结果却掉进下水道里了！当然我最后还是决定去西街。我摸索了下大衣，总不能空手拜访老朋友。

我记得没错的话，她应该是住在威尔街35号来着，这里是一片居民区，我提着一盒核桃奶和一包奶油饼干边走边循着门牌号码找着。

我有多久没见过她了？大概有半年了，我真够混蛋的！我心里鄙视着自己，突然不敢继续往前走了，如果不去的话，我想我会连个混蛋都算不上，就真该见鬼去了！

我按响了门铃，心里颤抖着。里面的脚步声渐渐清晰，“啧——”，门被半开了。

“苏贝？是你！”

“亲爱的——，”我称呼她，“现在方便进去么？”

没什么不同，老式装饰，从地板、桌椅，到沙发、灯罩都是木头构造的，简单、干净，让我感到舒适之极。

“好久没有你的消息了，一切还好么？”她给我倒了杯热水，问道。

“还是老样子，你呢？”

她没有作声，把茶杯移到靠近我的桌边。

“听人说你上个礼拜又进医院了，没大碍吧，我嘱咐过你的——不过我也猜到你是戒不掉的！”她看着我问道。

“我可以抽烟么？”我可不想继续谈论这个话题，难道我要和她说，我禁酒一个礼拜了，然后在该死的昨天没能熬住，沾了点姜汁，而你要相信我，我是一个禁酒之人！鬼才相信！

“上个礼拜这里发生了一宗命案，你听说了吧？”她推过烟灰缸，说道。

“据说是自杀的。”

“是个女的，听说长得挺好看的，就这样死了。”

“红颜薄命。谁知道又是因为什么芝麻大小的事儿呢！”

卧室内传来手机铃声，她起身回房间接电话，我继续抽着烟。

薄荷在房内通完电话，拿着手机走了出来，我掐掉烟头，我想我得告辞了。刚离开薄荷住处，一位男子便匆匆走了进去，我脚步哆嗦，向前直走离开。

我回忆起那晚，我在一家“猫屋”的酒吧，西街上的，人气极旺。当我喝得酣畅淋漓的时候，一位妙龄女郎映入我的视线，曼妙的身材，扎着高马尾，而我总觉得把头发扎着的女子会更显得有气质和修养，我甚至可以感觉到她向我走来时那散发出来的火热的气息，这让我迷恋其中，无法自拔。

她端着一杯薄荷味的清酒，对于我，这可不是什么难分辨的事儿。“你是苏贝？你好，我叫薄荷。”

风花雪月的事儿，总会让人迷失心智。我抬头观察着周围，已经离 189 号很近了，昨晚还有很多疑点没有想明白，也许今天能找到点线索。

“苏贝先生。”老曾抬头看到我，放下了手中的报纸。

“报纸上又有哪些新鲜的事儿?”我笑着说道。

“这不，案子结了，还刊登了女子的照片，找寻她家人。”老曾指着报纸对我说道，我看到那女子的照片长相还不错，不过红颜命短呀!

“那间屋子你收拾过了么？我想再去看看。”

“罗不拉和我说了，他说你还会再来，等你走了再收拾。”

“替我谢谢他了!”

我在小屋内又仔细探查了一个钟头，还是找不到一丝线索，感觉肚子在咕噜，我看了下时间，已经中午 12 点了。

我出来的时候，老曾喊道：“苏贝先生，留下吃午饭吧!”他正在收拾着桌子，还摆放了两杯酒。“我一个人，也没准备啥吃的，你也别嫌弃，就当陪陪我。”

我诚恳地告诉他说，苏贝先生是个禁酒之人。所以午餐就很简单，我只吃了碗面条便离开了。

这么阴森的天气，我还是有点喜欢的。一阵冷空气袭来，人们会压低帽子，收起衣领，双手插在裤腰间或者是在兜里，没有了趾高气昂，反觉得可爱有趣。也许，只有在冬天，行走在寒风里的人们才是最平等的。

我裹紧了大衣，我就这么一件大衣，还是父亲留给我的唯一财产，我珍惜着呢，可不能再失去了。我又勒紧了下大衣，我还能闻到点薄荷的香味。

我得找点活干，不然这个冬天我就要命丧在那条胡同了。让我想想，我得想个能搞到钱的法子，不对，是赚点钱。去码头？那边总缺些人手的，可是那里够冷，我可不怕冷！也许有更好的选择，要不去找家中介吧，那一准儿有用，可是都是黑心的主儿，看着顺眼收费便宜，要是看着不顺眼，多收个几百也是常事儿。听说东街的那家报社在招聘撰稿人，这可是个体面的活儿，我得去看看。

大约过了半个钟头，我才步行到报社，一进去屋内，浑身热乎了起来，这主要是因为门口就摆放着暖气电扇，然后是每走几米就有一台，在我数到第五台的时候被一位绅士打扮的男子拦住了。

我勇敢地说明了我的来由，他上下打量了我几番，然后带我进了隔壁的办公室。

“我认得你，苏贝先生！我叫理查，我父亲是新西兰人。”这位绅士自我介绍道。

“理查先生，我的来意已经和您表明过了，您的看法是……”

“苏贝，您知道为什么这报社摆放了这么多暖气电扇么？”

“也许是报社的空调坏了呢！”

“如果你能撰写你的侦探故事，这会是报社的荣耀。您觉得呢?”

“理查先生，保密是我们的职业道德，我不能公布于众。”

很明显我和这位绅士合不拢，我们的谈话在争辩中结束，当然，这家报社与我无缘了。离开报社单薄的大门，我一脚踩进了污水之中，这该死的下水道怎么会就设在门前，而且还这么浅！我突然明白了这倒霉的地儿为什么会摆放如此多的暖气电扇了，真是够折腾自己的！

晚上，我还是一壶热水，一杯咖啡，一碗泡面。我真该忘掉那些与自己无关的琐事，这宗命案跟我有啥关系，何况已经被定案了！我可一分钱捞不到！

敲门声，一般在这个时候敲我门的，除了磕碜的房东没别人了！

“苏贝，还记得我吧！”理查站在门外，还是下午的打扮，很绅士。

“你怎么知道我的住址的?”

“从你的房东，也是这整条胡同的房东，我从他那里打听到的，不然我今天怎么会说‘我认得你’呢!”

“这狗财主!”

“事实上，守口如瓶可不是每个人都像你一样能说到做到的。”

“您得挑重点说，深夜光临，所为何事?”

“苏贝先生，你看过今天的报纸没有，关于一宗自杀命案的。”理查摘下了皮帽，继续说道，“我们报社想聘请您为我们调查这宗命案，我们付钱，你调查的所有线索归报社，按照你提供的线索我们给你额外的提成。”

“这件案子警察局已经结案了，我相信没有这必要了。”

“苏贝先生，也许我该让您在报社工作上一段时间。我们关心的不是这宗命案是否是真的自杀，还是另有玄机，我们需要的是能够吸引早上那些喝着豆浆拿着报纸的人，得制造点他们能够议论的话题，哪怕是一点点蛛丝马迹，也会让他们争论一整天！”理查倒了杯水，我这儿还真没多余的杯子，好在买的咖啡包里送了一个。

“比如这位女子的身份——”

“没法儿确认，警察局登报寻人了！”

“但是可以说‘目前猜测应该是来自东部地区的’或者说，比如是‘疑为情而自杀’，你知道的，那些人喜欢看这些报道。”

理查的话倒是让我回想起看过的那些报道，无非都是类似的程序式的报道“离奇死亡”——“为情自杀”——“神秘男友现身”——“真相揣测”，而往往最后就是不了了之，而人们好像就很喜欢看类似的连续剧式的报道，而且他们还乐在其中！

“苏贝先生，我们可以先预付30%的定金！这是合同和支票。”理查从他的西装内掏出一份合同，还有一张银行支票，我想这家伙的西装可真够特别的，随身保险柜。

“苏贝先生，我们和你平常的客户一样，这是你的职业，你说呢？”

他说得没错，有时候为了不被饿死，我会暗地里接下私人侦探之类的活儿，赚点喝酒的钱。

合同很简单，甚至有点草率，估计是他来时临时起草的。

还要多考虑么？苏贝，这是一桩多么漂亮的买卖！你真想流落街头么？毫无疑问，我在合同上签了字，有了它至少我可能不会那么快流落街头。

第二天上午，我到东街银行兑换了支票，把钱转入自己的账户，出了银行，我便去了警察局，我得找罗不拉谈谈。

整个下午我在东街的公共图书馆里待着，我不是实在没地儿去才来这里的，阅读也是我的爱好之一，在图书馆里待着，能让我感觉到自己是一个博学的人，这可不是虚荣心，而是我够耐心！

在大约6点的时候，罗不拉送来了一沓资料，“这是13号入住的房客登记，还有死者的尸检报告。”

“罗不拉，要去喝杯么？”我把东西裹进大衣然后很阔气地问候罗不拉，当然这主要还是因为我银行账户饱满了些。

“不行，下次吧！我今晚还有公事呢！”罗不拉一脸严肃地说道。

我从图书馆出来之后直奔了“布道人”酒吧，我确实没有其他的地方去了，不是么?！东街最有名、人气最旺的地方就属这间酒吧了，这里晚上汇聚了各类名流奇人，当然了，诸如我这样落魄的人也大有人在，他们一般是觊觎富人的财富，希望能得到富人阶层的赏识，端茶送水，点头哈腰，搞点赏赐什么的，也算撑些面子！总之，口袋里没钱的，还经常混迹酒吧的，多少是有点故事的人！所以，在这里，我往往可以收获到意想不到的线索，总能帮上大忙。

一路上，我心里还在盘算着，告诫自己：此行的目的只是为了查找线索，莫沾酒水！天知道在半个小时之后，我吞下了半瓶白兰地！

这位有着新西兰血统的绅士好像预测到我今晚会来，大老远便看到他在“布道人”的霓虹色招牌下向我招手！

“苏贝先生，想不到我们这么快又见面了，可真有缘分哪。”新西兰人很有礼貌地说道。

“我可不这么认为！打我出门起就有您的人跟着，他们可真够称职的！”

“您别误会了，我只是确定一下我花的钱是值得的！您应该会理解我的吧？”

“尊敬的理查先生，您大可不必喊我先生，您叫我酒鬼都比这亲近，您说呢！”

“我可不认为经常去酒吧的人就一定是酒鬼！”

和这位新西兰人对话总让我感到不舒服，还是用酒堵住他的嘴巴吧！

“您可真是个闲人，不过我宁愿相信你能给我搞出点名堂来！”新西兰人提起吧台上的衣服，喝下了最后一杯，然后对我抛了个媚眼，转身离开。

想来我的一举一动都在理查的监视之下，而我必须要摆脱这样的境况。

“理查，你最好将这些眼线撤离我的生活，否则我可不保证我真的会搞出你想要的东西！”在新西兰人转身的瞬间我下了“生死状”，我必须要改变这样的境况！

理查打出“OK”的手势，没有回头，戴上了他的那顶鸭舌帽离开了。

差不多8点左右，我约好的人也快到了吧。我又点了杯白兰地，该破费的节省不了，何况要是一杯酒能够解决的问题又何乐而不为呢?!

“嗨，大佬！”卢市长一口“咕噜”下了一杯白兰地，好在我提前帮他点好了。先介绍下我的这位朋友，卢品赖，一直渴望着成为本市的市长，几年前为打点好关系，卖掉了所有的家产，可是最后连选举名单上都没有他的名字，一夜成了流浪汉，不过他倒是通晓本市的人脉关系，最主要他手里握着本市上流社会人士的一手黑幕资料！至于他“卢市长”的绰号只是市民的嘲讽而已。

“我有个事情要拜托你帮我打听一下。”我又递给他一杯白兰地。

“大佬！你和我甭客气，什么事你直说，能帮的我一定帮！”

“咱们还是老规矩，事后分你提成。”

“我说大佬，我卢品赖什么人啊！嘘，过来……”

我知道他又要开始吹嘘了，但是我还是照例把耳朵靠近了。

“今年的选举榜上一定有我的名字，看着吧，我一准儿能当上市长！”卢市长推开我的耳朵，然后稍微放大了嗓门说道，“直说，明事人儿不打马虎眼！”

“上个礼拜西街发生了一宗命案，你听说了吧？”

话音刚落，卢市长提酒杯的手颤动了下，差点把一杯白兰地洒掉！

“我就猜到你一定会来找我，本市就你最爱管闲事！”卢市长慢悠悠地喝了口酒，环顾了下四周，小心翼翼地说道，“这事儿包我身上！”

“嗨！再给我来杯白兰地，加冰的！”卢市长又从吧台点了一杯，这还算在我的预算之内，毕竟只用三杯白兰地就搞定了！

“大佬，我走了，有事你就给我留言。还有……记得明年选举投我一票!”卢市长带些慌张离开了，他可算是个忙人了。

忙人？它的反义词是什么来着？对了，刚才那位新西兰绅士好像喊过我“闲人”来着！想来除了将人分为男人和女人之外，还有活人和死人，现在又多了一种，忙人和闲人！罗市长算是忙人，我算是闲人，还算有几分逼真！

离开酒吧，距离我的小破屋还有很长一段路要走，我得跑得快些，那些人造谣说今晚要下大雪来着，当然了，我可不是一个谣言的跟风者，但是看这天气，还真有可能搞场大雪！

说起我的小破屋，窗户关不上，门上都是洞眼，屋子里的暖气就像是被浇灭的柴火，就刚开始时有点暖和！我得搞点材料糊弄上，这也要不了几个钱，不是么？何必要让自己遭这份罪呢！

我顺路从一家快要打烊的小百货超市买了点材料，胶水、图钉、木板之类的，总之能糊弄上就行。看来今晚可以睡个暖和觉了。

回家打理好这一切，确保今晚的大雪不会吹到我的屋内，我才罢休。我又烧了壶热水，准备冲杯咖啡，然后开始我的思考。

死者是明显的亚洲人面孔，应该是东南亚一带的，年龄30岁左右，身高163cm，这是我得到的死者基本信息。按照老曾的表述，在2点的时候敲门没有人答应，很可能当时她已经死亡！死者的死亡时间在破案中可起着至关重要的作用，所以一定要尽可能精确地掌握死者死亡时间，或者缩小时间范围。所以，我决定先从这里入手。当然，我手中还有一份房客名单，尽管它的作用不大，但是任何线索都不能忽略，不是么？

看来事情进展得很顺利，至少有点头绪了。热水烧开，冲杯咖啡犒劳下自己。窗户开始震荡，外面的风声呼啸而过，想来十之八九是下雪了。

我把大衣脱下盖到被子上，喝完咖啡便迅速上了床，我喜欢躺在床上听着外面呼啸的声音。心理学上说，喜欢这样的感觉的人，多半是因为自己在成长的过程中经历过某些刻骨铭心的困厄。真是个笑话！谁一辈子能不遭几回罪呢？

第二天我一觉睡到 11 点！出门的时候大雪已经堆积淹没了鞋底，我退回了屋子，我记得我好像有双雪地靴来着。这算是我唯一体面的鞋子了吧！

当然，出门之前我一定是规划好了路线的，我得先拜访最近的一位旅客，他叫做路易斯・陆，地址在南巷附近，那地方我去过，不过走过去要花些时间，尤其是这大雪的天，估计得花半天，我可没有必要遭这份罪！

而且新西兰人花钱给我做什么的？不就是为了调查真相么。想到这里，我阔气地招了一辆出租车，要说这天气还出来溜转的出租车司机还真少！

“您是苏贝先生吧？”我上车之后，司机忽然问我道。

这让我疑惑不解。

“喔！是这样的，理查先生聘请了我做你的私人司机，我很早就在您的楼下等您了！”司机有些不好意思地回答道。

想来，理查先生始终还是要在我的身边安插点眼线才能放心。

“苏贝先生，您放心，我只是您的私人司机，而且服务时间也只是早上 10 点至下午 5 点，我绝不过问或干扰您的私事！

这是理查先生特意吩咐过的！”司机转而有些紧张地说道。

一阵寒暄，我知道了我的“私人司机”是一位柬埔寨人，会讲一口流利的中文和英文，我总觉得他做司机有些“屈才”了。当然了，我现在可不能保证说，他就是一位间谍！我只能说，他是非常适合做眼线的！不过我的推断是有明显的漏洞的，如果他真是理查的眼线，他会告诉他的真实身份么，他会故意暴露自己的疑点么，何况理查有必要为了这点小利如此大费周章，铺张浪费么？可是凡事多个心眼总是好的。

伴随着一路的轧雪声和车内的CD歌声，2个半小时之后，车子便到了南巷尾。要说这座小城也真够奇怪的，不知道政府当时是如何规划的，据说当年的市长是基督教的信徒，然后一意孤行把城市布局成十字架的形状，发展东西两街，南北两巷。东街算是市中心，西街则是居民区，南巷就类似于郊区小镇，集聚了各类教堂，而我住的北巷就相当于贫民窟，鱼龙混杂。本市也由此得名，被冠以“十字城”的外号。

这似小不大的十字城里，集聚着各色人种，每天发生着各种稀奇古怪的事儿，当然了，如果您像是我这样的老居民的话，对这些也早已司空见惯，不足为奇了。

“好了，车子就停在这里吧！”我很有礼貌地说道。

“需要我为你做点什么么？”柬埔寨人有些唯唯诺诺地问道。

“把车子加满油就成。”我示意他观察下油表，油快见底了。

估计就在这儿附近吧，不会太偏，看来我得敲个门，问个明白。我整理好衣领，我居然没穿上我的那件大衣！这时候已经是下午了，希望这户人家没有睡午觉的习惯才好。

我很有节奏地敲了几下门，我听到门后面传来连续的碎步声，感觉靠近时又戛然而止了！这主人一定在猫眼中窥探着我呢！想到这里，我又理了理衣领。

门开了，不过也只是一条门缝，我敢打赌我连三根手指头都穿不进去！

“找谁?”我勉强可以瞥见门内的主人，浓眉宽鼻，仅此而已。

“您好，请问下路易斯·陆先生住在哪块?”

“我不认识!”

想来我哪里得罪了他一般，我“谢谢”都还没来得及反馈给他，他倒闷声闷气地合上了门!

我转身欲走，突然发现不对劲，里面没有传来碎步声。这主人还藏在门后，我敢肯定他在猫眼中窥探着我。我打了个寒颤，居然有些恐慌，不过别无选择，还是找别人再打听吧。

地上的雪越积越厚，好在早上出门换上了雪地靴，我最体面的鞋子居然派上了这等用场。

“你等等!”身后传来清脆的呼喊。

浓眉宽鼻，脸色暗黄，身着单件棉袄，脚上一双老皮鞋，这就是主人的模样。他站在了门外，我转过身，疑惑、期待地看着他。

“我就是路易斯·陆，你是谁?”他的唇有些微颤，想来跟这天气有些原因。

听到这个消息我居然没有半点惊喜，反而有些平淡。我沿着雪地脚印原路返回到门前。“您好，我是东街报社的记者，我姓苏。”我友好地伸出右手，似乎有些突兀，他愣了会儿才勉强握了手。

他也没多问什么，打开门自己先走进去了。我紧跟着，然后顺手关上了大门。

这有点像老式的旧时期宅子，但又不完全是，“四合院”只有北侧及东侧有房子，西侧是围墙，南侧是大门。我跟着他走进东侧内的小屋子，他坐在了一张板凳上面，然后随手指了指椅子说道：“你随便坐。”

我搬来一张椅子，刚要落座，被他挡住。

“这张是坏的！来坐这个！别嫌弃。”他从身后推来一张小板凳，说道。

我回头看了看那张椅子，至少当时我没有发现哪里是坏的。

“说吧！”他点燃了一支烟，也递给了我一支，“说吧，要问什么事儿？”

“关于一个礼拜前，在威尔街189号发生命案的事儿。你当晚也住在那间旅馆？”说实话，我最想问的其实是“你为什么惧怕我而不开门”，可我知道我如果这样说了，我们的交谈就得立刻被终止。

“是的，我住在202房间。”他吐了口烟圈。

“那晚大雨，好像也下了雪，总之我回不了家了，所以在那个旅馆里过了夜。”

我很小心翼翼地和他攀谈着，了解到一些基本信息。我们的路易斯·陆是个安哥拉人，13号他去西街参加朋友的家庭聚会，回来的时候太晚，而且天气糟糕，出租车司机们都回家看球赛了，所以他只能在旅馆落脚了，而且他还赶上了下半场球赛，阿根廷对阵德国队。

“这可真有看头，”我说，“我赌阿根廷赢！”

“你没有看么？”陆反问我说，“可怜的阿根廷人输得好惨，一粒球没进还让德国人进了四个球！”

“我当然看啦！”我毫无根据地说着，那会儿我还在医院躺着呢，“我只是想羞辱下阿根廷队！”

我们继续聊着。我拿着女孩儿的照片给他看，他根本不认识，也没有丝毫的印象，而且他第二天早上就退房回来了。我们又聊到拳击，我看好斯蒂芬，这家伙的身体素质强壮得像头牛！不过他却看好一个西班牙的拳击手，叫做赛斯，为此我们赌了100块。

一直到天快黑，我们的交谈才结束。临走时我叮嘱他：“如果你记起什么，麻烦联系我。”我留了自己的联系电话，然后准备告辞。

“等等——”他突然说，“我想起了一件事儿。我一开始走错了房间。”

“喔？”

“见鬼！我再也不敢住私人旅店了，他们的房门都安装了相同的锁，一把钥匙可以开好几扇门！”

“哦？你开了别的房间门？”

“是的，一左一右，中间是楼梯。”

“后来呢？”

“我推开门时看到一位女士面对着窗户通着电话，声音很大，她没有发现我。”

“你可真够幸运的。”我说，“你还记得她说了什么话么？”

“不太有印象，前后也就几秒钟的事儿，我掩上了门，核对了下房间号知道自己走错了，就离开了。”他在回答我的问题的时候，有个明显的紧皱眉的细微动作，这告诉我，他或许能记得点什么，只是他想不清，或者他觉得无关紧要。

“她声音那么大，你总该听到点什么的！”我追问道。

“我听到了一个名字，好像叫琼斯什么的，其他的我真不清楚了！”他吸下了最后一口烟，掐掉了烟头，突然神色有些紧张，“我感觉她在哭——我的意思是，她的声音带着些哭腔。当然我也不敢确定。”

冬日的夜晚总是悄然而至，虽然还是下午，天色已经开始昏暗，雪依然在下，我的雪地靴还是崭新样子，我的逻辑已经混乱成一片，可不就是这样么？瞧我这都是说的些什么！

“Hey！喂！在这里！”我想我脚步也真够快的，从听到喊声到停止脚步居然用了十秒钟的时间！

我循声望去，除了苍茫一片，并没有活人。

“这里！苏贝先生！这儿！”

我巡视了四周，也许我可以发现某个活物，没准儿是有人被埋在雪地里呢！谁知道是不是谁昨晚喝醉酒睡马路边了！

总算找着发声体了，哦，亲爱的柬埔寨兄弟，你这是怎么了？为什么会站在这里？

我走近他，惊讶地看着他，他却一脸笑容，“这边没有加油站，我把车送到前面的镇子，然后跑过来等你了——我怕你找不着我人。”

他身上都堆满了雪花，站屋檐下还真不容易发现呢！我可真抱歉了，我该早点出来，这样就可以免得你遭这份罪了。

“这里就只有个私人加油站，这鬼天气害得加油站的管子冻裂开了，他们正在修——估计差不多了吧！”柬埔寨人说道。

“两支烟的工夫能到么？”我摸着口袋，我揣了包烟来着。

“保准儿能到！”

“晦气！见鬼！”

“抽这个吧，我在加油站买的。”

“加油站有烟贩子？”

“我的意思是在那里附近的店铺买的——”

不管怎样，能得到一支烟，我该抱着感激之心的！

点燃烟，裹紧了衣服，那镇子离这儿可有一段距离呢！天色更暗了，雪似乎小了一些，或许是我看不太清吧，反正管他呢！

大约步行了半个小时路程，途中我和柬埔寨人聊着理查先生，尽管我有些抵触这个话题，但是他是我的东家，我得了解点什么。

马格道斯·理查是东街报社的副社长，父亲是正统的新西兰人，据说是个有名的律师，母亲是淳朴的中国女人，不过两人的结果被双方家族排斥，所以迫不得已一对青年男女私奔到了十字城，在这儿扎了根，不过又听说后来老理查先生突然又离开了。母亲生下了小理查，托付给了熟人照管，然后便去找寻丈夫，至今未归。

“他可真不容易呢！我很钦佩他！”柬埔寨人赞赏道。

“是的！不过——朋友，我该怎么称呼你呢？我还不知道你的名字呢！”

“您就喊我小谷吧，或者洋气一点，直接叫我 Bird 也成！”柬埔寨人低眉笑了笑。

总算到达了加油站，我摘下帽子拍了拍上面的残雪，然后又跺了跺靴子，双手插在口袋里，等着小谷去搞定完一切。没过几分钟小谷便行驶着汽车慢慢停在了我跟前，我打开车门挤进了车厢内，一股暖气铺面而至。

“您是打道回府？还是——”

“现在还早，带我去——去东街图书馆吧，我去看会儿书——你就可以回家了。”我可真像很有学问的斯文人呢！

雪渐停，天色已昏暗，只有地面苍白一片，倒也能看清路。躺在车内，我忍不住打起了盹儿，再睁眼的时候已经行至东街拐角处，我开始整理好衣裳，我可真像个绅士。

图书馆门口，我和小谷告辞，并提醒他路上小心。喔！我还是一位很体贴的绅士呢！

我来这里干吗来着？这么冷的天气，大家集聚在这里，蹲着的蹲着，坐着的坐着，倚着书架的也有，我脑子一片混乱，我竟然不敢相信眼前这一切！冰天雪地的，躲被窝里的都懒得下床，这群人怎么会集聚在这里？那我怎么会出现在这里？

我漫无目的翻阅了几本书，了无兴致，扬长而去。外面的冷风呼啸而至，我感觉到有些发冷，它吹起了我的衣裳，卷起了几层雪附在了我的雪地靴上，我的帽子竟然也差点弃我而去，原来这身皮不是谁都适合的！

沿着白色的路径，我晃荡至北街路口，离我那胡同不远，我想早点进我的破屋子！我加快了脚步，管他的靴子，我把帽子拿在手里，有些急促地往胡同口走去！

进门之后我就躺在了床上，听外面安静得只剩下偶尔问候的北风，我居然在恍惚之间睡了过去！这是个安静的晚上，安静得有些美妙。我不敢相信我居然还有做梦的能力，我都快忘了梦境是个什么样的东西！如何入睡，醒来又是怎样的头痛欲裂！

我煮了杯咖啡，在床头翻开了笔记本，我得把昨天的日记补上，趁着思绪清晰，记忆还深刻。天知道我会突然又酩酊大醉，又去医院躺一礼拜呢！

我打开窗户，下雪过后的空气是新鲜的，虽有些寒冷，却让人心情舒畅。我准备合上窗户，却瞥见胡同口停着一辆熟悉的车子，想来这位柬埔寨人是非常敬业的。

我披好大衣，出了门朝着车子方向走去，我得感谢这位柬埔寨人，我应该说点什么，或者做点什么，去我那里喝杯咖啡什么的，只要他不介意在我的破屋里。

“早上好，苏贝先生！”小谷从车厢内钻出来，很有礼貌地问候我。

“小谷——我今天不出门了，你忙去吧——你以后别来等我了，我有事儿会叫上你的。”独来独往习惯了，而且这种待遇对我来说只是种折磨，我说过，我可不是什么有脸面的人！

“那我就丢饭碗了呀！”小谷惊讶不已。

“我的意思是，你不用每天都来这儿候着，有需要我会请求你过来的。”我重新解释道。

柬埔寨人脸上露出了喜悦之色，我心里才着实踏实了不少。看着他驶过北街路口我才安心返回我的破屋。

我每天必须要重复思考的一个问题就是：我今天去哪儿？我该干些什么？我必须每天都要给自己一个答案，否则我会一整天躺在我的木板床上，无所事事，这样的话，我估计我会枯竭成一堆白骨！

其实十字城里住着的人很少有忙活的，除了酒吧、银行，几家报社之外，很少还有忙活的事儿了。还是做好自己的事情吧！我管那么多闲事干什么！自己都还是一团糨糊！

回到我的破屋，心情稍有些畅快，我决定今天要好好补偿自己一番，东街有一家红酒西餐厅不错，一般都是富贵阶层的天堂，我也只是耳闻，可不是我等粗俗之人就餐之地。

当然，我不会是一个人就餐，去“天堂”我总要拉上个人。

罗不拉如期而至，落座第一句话：“在这儿吃饭我可付不起的！”我不语，他紧跟着说道，“我们去‘布道人’喝杯就好！”

“谁管你付钱了！”

“我是警察，不能吃霸王餐的！”罗不拉悄声说道。

“Hey！服务员！这是本市的首席探警，罗不拉！有什么上等菜品都来一份！”我拉扯嗓门喊道。

罗不拉神色凝重，怒不可遏地看着我。

“上次欠你一杯酒钱，这次算我还你！”

“你是真够阔绰的！”

阔绰？我怎么觉得这个词很讽刺呢？我这是在装阔，还是在显摆？我发现我自己真够恶心的！

“说吧！有什么事情要我帮忙的？”

“托你帮我打听一个人的资料，”直截了当，快人快语的谈话方式，“他叫田野二山。”

“就是名单上面的那个——那晚住在旅馆的一位男客人，是么？”

“是的。听上去这是一个日本人。”

“是的，他是个外地人——”

“原来如此。”

在这种餐厅就餐无非就是图个脸面，菜品根本不上档次，当然，也许是我这样的俗人品尝不了的缘故。这样的天堂我还是不上来较好，还是留给那些富贵人吧。

和罗不拉告别之后，我晃悠悠地从东街向西走，其实我不会违心地告诉你说："布道人"就在前面2公里处。我真想去那鬼地方喝两口，这天堂的滋味真不好受！

现在这个时间段的酒吧估计没什么人，我不担心会碰到什么熟人，最主要的是，我可以安静喝上两杯，然后假装跟个没事人似的再回去！因为没有人看到我喝酒！

"噢！这会儿我们还没营业呢！还要再过半个小时！"当我坐在吧台伸手要酒的时候，那年轻的服务员笑容可掬地说道。

"那我可以先喝着，半个小时以后再付钱！"

他愣住了。

"把那瓶白兰地给我拿来，再给我换个大杯子！"我指着酒架说道。

年轻人模棱两可地取下那瓶白兰地。"大杯子！在那里！"看着他慢悠悠，我已经急不可耐。

"酒鬼！"年轻人递给我杯子，转身收拾酒架，悄声嘀咕着。

当然，我是不会跟一个毛头小子计较的，何况他说得也有一定道理不是？

喝完整瓶酒，我掏出200块放在了吧台，然后拂袖而去。听着那年轻人的叫喊声，让我极为兴奋。"喂！喂！找你零钱！我不要你的小费的！……"

难道是好久没这么喝酒的原因么？我居然有些微醺！这对我来说，可不是什么荣耀的事儿！我为什么会喝酒的？我不能再走了！

我蹲在路边，等着路过的出租车能载我一程。

“嗨！酒鬼！去哪儿?”

一辆黑色桑塔纳停在了我跟前，我扶着车门钻进了车内。

“我去西街!”

“西街几号?”

“35 号——”

对了，我为什么会喝酒的？是因为她么？天哪！我扇了自己一个耳光!

“喂！没想到你还是个疯子呢！要不就是一个傻子!”

我从后视镜内打量了司机，左耳塞着耳麦，听着爵士音乐或是 Rap 什么的，我猜的，他哼着调，摇晃着那冬瓜似的头脑，看着很高雅，当然你也会觉得他很傻！不过，我现在就觉得在我眼前的这位是一位非凡的勇士、高雅的音乐爱好者，而我，就是一个疯子，一个傻子!

“快滚下车！20 块钱!”

我付了钱，从车里出来。

“嗨！门没关好!”

我肯定我没有听见，或者是我没听清楚，他是说什么来着，管他呢!

我停驻在门牌前，犹豫要不要敲门，没几分钟碰巧遇见了薄荷外出回来，手里拎着几包东西，看样子应该是牛奶、蔬菜水果之类的。

“我也是刚经过这里——”我像个贼一样说道。

“那就进去坐坐吧！顺便吃些新鲜的水果。”她打开了门，我跟着进去了。

屋内焕然一新，家具、装饰全然不同，没有了老式的台灯、茶壶，天花板上悬吊着璀璨的珍珠五色灯，墙壁被粉刷了一遍，前后都贴上了墙纸，脚下的地板也是全新的紫红色木板，原先的沙发、座椅都换成了皮套，显得格外富贵。

“喔！变化真大，你不引我进门我都不敢相信！”我四处打量，惊讶地说道。

“早上刚换的。”她边摆放东西，边说着，“很吃惊吧？”

“坦白讲，是吃一大惊！”我舒服地窝在沙发中回答着。

“问吧，别话里套话了。”她转过身正对我，她总是有着这样迷人的姿态，我在她面前毫无抵抗力，她的身体与美貌足以霸占我的灵魂！

“你在插手一个礼拜前的那个案子？”她对我说道。

我点起了一支烟，没有回答。

“我约了人——”她面无表情地说道。

我走在门口，伫立几秒，想回头说点什么，却又张不开口。

出了门，外面刮着大风，能把我的大衣卷到裤腰！这鬼天气是在辱骂我么？我掐断烟头，狠狠摔在角落中。

我哪儿也没再去，回我的北巷胡同里待着吧！这样想着，突然有了一点暖意，难道是我那破屋被我糊住了不漏风的缘故？

接下来一连几天我都待在我的破屋，有时候除了下楼买几包烟，跟认识的人打声招呼，其他的时间基本都躺在我那木板床上睡觉，要么就是搞点东西做，比如我试着把窗户封起来，但后来我又卸了；我在木板床下面垫了几层好衣服，这样可以让我睡觉舒服点，但后来拿掉了，因为我就这么几件衣服。总之，这几天我很无聊，但又很忙。

可能是过了三四天吧，具体的时间我也记不清了。还在我睡懒觉的时候，就听到急促的敲门声，“该死的，这一大早的是谁!”最后一个字我说得最大声。

“你的老朋友，理查!”

我裹上大衣，开了门，我预感这家伙这两天要来找我。

“苏贝先生竟然也是个懒散的人，日高三尺还享受美梦呢!”他摇晃了下水壶，“我可以讨杯咖啡么，热水也可以，你没出去不知道，外面这几天都冻坏啦!”

虽然我有点厌烦眼前这人说话的口气和行为，但是我还是很有礼貌地去烧了一壶开水，并冲上了剩下的最后一包咖啡。

“尊敬的苏贝先生，你明白的，我是个商人，当然我可不像那些唯利是图的小人，”他端起咖啡，品了一口又放下，“这水壶可真实惠，滚烫的热水……刚才我说到哪儿了？哦，我是个商人，我想得到我想要的东西，而且我付出了酬金，不是么？”

他给咖啡吹了吹，“我从来不亏待合作的人，尤其当对方是穷人。”

我无话可说。

“您是个聪明人，应该知道我的意思，我想案子早点有进展，否则的话……”他还没喝咖啡，干脆直截了当地扔在了桌上。

“我会给您一个交代的。”我起身欲送他离开，并许下了承诺。

他戴起了他的鸭舌帽，在门外拍了拍身上的灰尘，很满意之后才抬头离开。

这几天我已经预料到这一出，只是我还没有想出答案，或者是说，答案的结局我惧怕面对。

我不继续调查这宗案件，毫无疑问，我不仅要赔付理查的支票，我自己过不了几天就会饿死街头，下个月等那个矮墩子来，我就得卷铺盖走人，变成一个流浪汉。

如果我继续调查，我会无法面对自己的良知和灵魂，它们是何等的肮脏！我也将无法面对薄荷！

我一口喝下刚才那位先生留下的咖啡，当然，这杯咖啡终究是我自己的。

中午我在十字路口搭了一辆便车，司机是个来自乌克兰的年轻小伙子，非常热情。一路上我们聊了很多共同话题，比如他也喜欢看球赛，“昨晚荷兰对阵巴西，我看了直播。”他兴奋地说。

“真够缺德的，”我说，“我竟然忘记看了！”

“那你可真错过了一场好戏。”他说，“你猜猜怎么了？”

“喔！巴西人会打爆阿姆斯特丹来的家伙的！”

“哥们儿，你真该后悔没看这场球，”他说，“我买了200注荷兰赢，然后我赚了1000块！”

“我想我会买200注赌巴西人赢——”

“幸亏你没买，”他说，“不然这礼拜的零花钱就没了。”

乌克兰的小伙儿在威尔街和西大道的交叉处把我放下了，他得去找个地方把1000块花出去。大约步行了10分钟便到了旅馆，因为中午，旅馆里没什么客人。

“我想和旅馆的服务员聊聊。”我开门见山地说。

“她正在收拾房间——”老曾说，“你知道的，退房的客人都刚走。”

大约半个小时以后，她忙完所有的打扫工作，然后我们坐在沙发上，面对面开始了交谈。

她的名字叫做乔安娜，出生在美国纽约州北部的一个叫做 Lake Placid 的小镇，但是在墨西哥长大。她有着迷人的金色头发，看上去能让她年轻好几岁呢。

我们先从案件开始聊起。乔安娜说，当天女孩儿入住旅馆之后，就深居简出，只有一次在楼梯口碰到，其他的时间也没有看到她出去过，也没有见过她。

“你碰到她是什么时候，几点？”

“应该是她用完晚餐之后吧，大概 7 点钟左右。”

“能跟我描述下你见到她时候的情况么？”

“我印象很深刻，”她说，“她脸上毫无表情，你看不出来她高兴或者难过，但是你可以感觉到她的脆弱——我意思是，她特别需要帮助。”

“这是你的直觉？”

“我敢肯定的，苏贝——”她居然一下子记住了我的名字，这让我觉得特别欣慰，“我也是女人。”

乔安娜实际上已经 30 来岁了，但是我总觉得她顶多是 20 岁的姑娘，她的肌肤吹弹可破，细腻光滑，散发着香味。总之，我和乔安娜的交谈非常愉快，我留给她我的电话，告诉她想到什么可以联系我。

下午三点，我准时去了布道人酒吧。

今天是个冰冻天气，路上很滑，但好在没有继续下雪或下雨，所以东街上还能零零散散看到几个人，当然，基本都是去超市来回的，只有我在这种天还去酒吧。

结果出乎我的意料，今天的“布道人”居然来了不少人，四五个人呢，已经很多了，而且有我的熟人。

“嗨！怪人!”皮蓬冲我大声喊道。

他应该是十字城最有名的律师了，请看清楚，是最有名并非最有实力，事实上是本地再也找不出比他还差劲的律师了，因此有名。不过他自己倒也无所谓，而且不少人还争前恐后地要他打官司！比如前年，西街的某内阁官员开车撞伤了一人，本来不用打官司已经私了的，但此时正值十字城政府内阁大选，这官员就聘请了皮蓬作为自己的律师，后来这位官员赔了双倍的钱，而且还在媒体面前公开致歉，那几天头版头条都是“用皮蓬辩护 公开致歉并双倍赔偿 ”等等称赞该官员，甚至还在内阁政府门前有挂“偶像”横幅的，漫天飞舞地称赞该官员行为应该是“所有政府官员的楷模”。最后此官员以高票当选内阁总理。

这位最差劲的业余律师居然成了十字城最有名、身价最高的律师了！

“黑鬼!”我总这样称呼他，他是个非裔北美人，而且他不会生气，反而很高兴我这样的称呼。而“怪人”这个外号也是他给我取的，他觉得我没必要去多管那些闲事，所以见面就喊我“怪人”。

“最近在搞些什么?”他问我。我和他坐在吧台，两杯威士忌。

“我在学煮咖啡——”我戏谑说道，“你呢?”

“你知道的，这十字城一年有 8 个月是这种鬼天气，”他断了断，吞了一口酒，“人都天天窝在家里，出不了事儿！有三个月没人找我打官司了。”

“喔！看来那上任的内阁总理很称职呀，能让本城如此风调雨顺。这还得多谢你。”我提起杯子，以“代表群众的身份”敬了他一杯。

“去他大爷的吧！”他咕噜一口酒，“我敢打赌这家伙今年一定下台！”

“你的心眼儿可真坏。”

“下个月内阁要大选，听说维克党的几个老头已经被暗杀啦！”

“一定又是黑手党在搞鬼——”其实我根本不懂政治，但是必须要插上几句。

“这回可不是——”他把嘴巴小心翼翼挪到我的耳边说，“是复兴党干的！”

我吞了口酒，他继续说着：“这消息千真万确，几个老头死得可惨啦！”

我可没工夫听他说着这些不着边际的话，何况我对这些根本提不起兴趣。

“就前些天，西街还死了一个无名女人，到现在还没查出来姓名！”我转移话题说。

“反正是自杀，最多死后是个无名鬼！”

“你也这么认为？”

“当然不是！我觉得这事儿没这么简单，我要是你，一定查到底，这可是一大笔买卖啊！”他饮尽杯中酒，“你不知道现在有多少家媒体报纸在等着呢！”

和他的谈话多少让我解了点忧愁，而且和他喝酒很愉快。“伙计！给我打包两杯威士忌带走！”他总是习惯在酒吧喝完酒之后，要求打包点酒带走，这事儿听着就有点新鲜。

天色已经昏暗，走在马路边，我突然脑中冒出一个想法：睡在马路上一夜会是什么感觉？

我预感我总有一天会流落街头，而且这一天应该很快会来到。其实也不用这么糟的，我可以学房东那家伙把家搬到教堂里，不用花钱而且还有暖气，说不定还会受到主的眷顾。

我烧了一壶水，滚烫的茶水真比不上白兰地的味道，可怜的最后一包咖啡还喂了那新西兰人。说曹操，曹操到。新西兰人正站在门外敲着门。

“外面的天儿真冷——”他进门时说，“能冻死人哩！”

不用询问便知他来意。

“我还没查到什么线索，”我说，“一切都还云里雾里。”

“拜托老兄！”他端起我的热水壶暖身，“你必须给我点什么，我可是付钱的人！”

我可真希望那热水壶现在突然爆炸。

“苏贝先生，你可得恕我直言——”他居然肯放下我的水壶，“我随时可以让你睡在马路上，你会成为本市第一个冻死街头的人哩！”

看来我的预感是有先见之明的。新西兰人下了最后的命令，三天内必须要有进展，否则他敢保证我会冻死街头。我相信他会做到，因为我根本赔付不起双倍的违约金。

就在新西兰人告辞后不久，我床头的老式电话响起。

“你好，阁下找谁？”我拿起电话后问。

是的，自从我来本市之后，我接电话都不会主动先说自己的名字。十年前我追寻那个家伙到这里，我发誓我到现在都恨不得将他碎尸万段，可是第二天这家伙把老鼠药放在一杯威士忌里喝了，死在了浴缸里。所有的线索都被切断了，就因为那该死的老鼠药，把一切真相都掩埋了。

我守在本市十年来寸步不离，真相一定还在这里，它早晚会浮出水面。

“请问苏贝先生在家么?”是女子的声音，而且有些耳熟。

“我是乔安娜，”电话那头说，“您还记得我么?”

我当然记得，尤其是她金色的美发。

“您明天有时间么?”乔安娜说，“我好像想起了点什么。”

“我随时有时间，”我答道，“明天见。”

挂断电话后，我开始寻思这个案件。乔安娜在晚上7点时还看到过她，也就是说她是在晚上7点到第二天下午2点之间死亡的。我排除掉在下午2点到5点之间死亡的可能性，原因很简单，如果是他杀，凶手必然会在2点之前动手，因为2点钟要退房，凶手得赶在她退房之前结束她的生命；而如果是自杀，因为她没有提前续租，所以在2点之后她就一定会被要求退房，所以只能在2点之前自杀。

我喝了两口水，“该死!”我差点把杯子摔掉。这天气可真够阴狠的，滚烫的热水才一会儿工夫就变冰冷了。

早晨，我被冻醒。若不是睁开眼，我还真以为我躺在马路上呢!

我缝补过的房间，曾自以为牢不可破，却不知何时三角板已经被风撕裂，窗户简直是摇摇欲坠，门上的铆钉也不知所踪，四面的冷风朝着屋内吹来，这室内的温度可一点不比外面的高多少。

我裹上大衣，从床下掏出工具，在门上又钉了几枚铆钉，但是这无法阻止门的摇晃，所以我干脆把唯一的小圆桌搬到门后抵挡它。而窗户的情况更糟糕，因为我已经没有多余的三角板啦！唯一的方法就是我糟践了自己的一件衣服裹在了窗户周围。干完这些事儿的时候，我已经满头大汗。

我脱下大衣，还想钻进被窝暖暖。可我想到了乔安娜，我也不知道为何会突然思念这个金发女人，她的模样竟然就这样堂而皇之地显摆在我的大脑中挥之不去！虽然我清楚记得，我和她昨晚已经有约定今天见面，可那也只是为了聊聊案子而已，她只是出于友情帮我，可我怎么感觉我是要去参加一次约会呢？

我居然紧张起来！也许是她的一头金发和我的妻子有几分相像，所以我才会如此。

不过，我确实有很久没有谈恋爱了，自从我和薄荷分手后，差不多有两年了？我记不得准确时间，但也许更久，我再也没有和一个女人谈过感情。

我想，我是该开始新的恋情了——

我穿上了体面的雪地靴，裹了大衣，然后翻箱倒柜找出一顶鸭绒帽，看上去很不错，然后出了门。

不过打开门的一瞬间，我就后悔了。本市的天气永远恶劣，而且你永远想象不到它第二天的天气又会演变得多么糟糕。前年有一回，还是六七月份，有一天晚上天气骤变，第二天北巷后排的胡同竟然一夜之间消失不见！过了大约有半个月时间，有一批狼狈的人进入本市，他们是那晚消失的居民。

我的眼睛瞬间被吹出了泪水。我真担心我走不到两分钟就会冻僵在路边，变成一座冰雕。我回头关上门，还是有法子的，我给柬埔寨人打了个电话，我几乎忘了我的这位司机。

大概过了半个小时，我的司机准时到了门口。

“苏先生——”小谷说，“我们去喝杯暖暖身子吧，这可真冻死人哩！”

这倒是个好主意。

我们在一家中餐馆门口停了下来，这是我常来的餐馆，因为我也来自中国。

我们要了个小锅炉，然后煮了一罐黄酒。

“这味儿可香哩——”小谷兴奋地说。

“这玩意儿可不比芝华士差，”我解释说，“那玩意儿可不能煮，一煮味儿都没了，就成一堆泡沫！”

一罐黄酒很快被我们下肚，身体逐渐暖和不少。哦！可恶！我都快忘了自己的“禁酒令”了！从上次那杯“姜汁酒”开始，我就把禁酒的事儿忘得一干二净呀！我早晚得死在酒精上，我百分百打赌。

路面都结着冰，车轮不停打滑，而挡风玻璃里面瞬间液化，遮住了视线，我们不得不以20码的速度行驶着，但总比我走路去好。

“苏先生——”他总习惯这样称呼我，“你最近有看球赛么?”

“我可真忘了，我又错过了一场精彩的战役。”说实话，我是个球迷，但我总忘了去看球赛。

“昨晚乌拉圭对阵加纳，你猜结果怎么样?”

“他们打平了，谁也没让谁进球——”我说着，像一个精明的专家。

“你猜对了一半，”他说，边用手擦拭着玻璃，“一开始所有人都以为他们会打平，可是最后裁判让点球了——”

“那一定惊心动魄死了！”我能想象到酒吧里那群人疯狂的

表情，他们举着威士忌，然后一激动把那酒水洒在了前面的人的头上。

“就是这样的！我手心都出汗了呢！”他激动地说着，“结果，乌拉圭的那帮家伙赢了，加纳的守门员就像在梦游，让乌拉圭人赢了两球！”

听他说着，我决定下一场球一定不错过，因为比赛越来越精彩了。

我的柬埔寨人司机不仅是个狂热的球迷，他还是莱昂纳尔·里奇的铁杆粉丝。

“有一回我听到他唱的歌，从此我就疯狂爱上了这家伙，”他说道，“相貌丑陋，可是唱歌很走心哩！”

漫长的旅途给了我们畅聊的机会，而时间就这样不知不觉去了，我们到了威尔街 189 号。

“你跟我一起进去吧。”我对小谷说，我想一个人待在车里的滋味一定不好受。

不过事与愿违，他还是待在了车里，因为他是一个忠实的人，理查吩咐过他要远离我所办的事。

我和乔安娜见面是在旅馆的食堂里，这儿一般不开饭，除非天气十分糟糕，客人不方便出去就餐，这里才会开锅。食堂在二楼，大小和旅馆的普通房间差不多，应该是由房间改造过来的。

本市的地质跟本市的人一样独特。就跟上回我去报社找工作一样，地表面常年积水，尤其在阴冷的天气，地表面会非常潮湿，当然，有钱人会买取暖器，不过私人旅馆可没那么阔绰。所以我们选择在了一个暖和、稍微干燥的地方谈话，环境可会影响到我们的心情。

我们没有先说案子的事儿，而是先聊了点别的。

“你喝点什么?”她问我。

“随便——”我说。

她端来一杯热茶，她可真了解我。

“这天气像是世界末日——”

“是的，让人感觉天都要塌了。”我说。

“不过也好，没人来住店，我就没事儿做，光拿工资了!”她开玩笑说，露出深陷的酒窝。

“平常有很多客人么?”

“不会太多，偶尔有几回住满了人，那可要了我的命了!”

一个两层的小旅馆，房间不到20间，两人打理足够了，当然要是爆满的话，那也怪累人的。

她又给我添了杯茶，我竟然不知不觉喝光了一杯了。我不敢看她的脸庞，心虚，一直低着头喝茶。

“我想起了一件事儿，”她说，“那天下午，我去门外晒被子，这是我每天都干的活儿，客人走了，我就得给他们收拾房间，然后把被套拿下来换洗——我当时吓了一跳。”

“哦?”

“被子后面突然冒出个头来，当时我确实被吓着了——”她说，“是个男士，他问我这里是不是威尔街189号。”

“你有理由不告诉他实话。”我说。

“但是我告诉他了，然后他就离开了，再也没出现过。”

“问题是——”我喝着茶分析道，“如果他是住店，为何最后没有入住，如果他不是客人呢，他从你这儿确定地址，又是何居心?”

“对，我也是这么思考的。”她说，“尤其是她在这里死了以后，我总觉得和这事儿有关。”

“我敢肯定的是你提供了最有价值的线索。”

我们没有再聊太久，因为外面还有人在孤单地等着我。她送我到门口，我又吩咐了她一遍，如果还想起什么，随时打电话给我。她好像没明白我的言外之意，我愿意随时接听她的电话。

看来我的顾虑是多余的，柬埔寨人躺在座椅上竟然睡着了。早知如此，我真该跟金发女郎多相处片刻的。但是最后，我还是狠心破坏了他的美梦。

回去的时候，天气已经没来的时候恶劣，至少外面不再是寒风凛冽。我们没有多交谈什么，反倒是跟第一次一样，我靠在椅背上，看着窗户外，也不知道心里在想什么，而他专注地开车，也很少说话，这和我们来时的情况大有不同，也许是我们来的时候聊完了今天的话题。

但也许，我们都在期待今晚的球赛。

晚上我没有去布道人酒吧，我不想在那里碰到熟人，尤其是那新西兰人。我去了“猫屋”，这里晚上更热闹，尽管因为天气的原因，会有很多人躲在家里，忍着老婆的唠叨看球赛，但一定还会有不少人愿意跟一群陌生人聚在一起看球。

事实上和我预料的如出一辙。我去猫屋的时候，那群家伙已经各自准备好了啤酒，球赛马上要开始了！

今天是四分之一淘汰赛最后一场比赛，巴拉圭对阵西班牙。“嗨，朋友，你支持哪个球队？”坐我旁边的一位男子对我说道，他穿着深色夹克，褐色眼珠子，我猜想他是来自深海地区的。“哦！我和你一样，我也支持巴拉圭！”他接着说，而我好像什么都没说。

比赛开始了，双方打得很保守，没什么进攻欲望，都在防守，这可让我们这些看客失落了不少。

“看吧，”他又说，“下半场巴拉圭人一定会爆发！”

“也许吧——”

“哥们儿，你买彩票了么？”

“没有。”

“那你可真没劲，”他说着，“来这儿看球的可都是买了彩票的。”

“你买了么？”

“暂时没有——”他说，“我下半场去买。”

上半场很平静地结束了，两队都没有进球，看来下半场打得会激烈多了，他们必须拼得你死我活为争夺半决赛最后一张入场券。

“我叫罗伯特，来自突尼斯。”半场休息的时候，我们聊了起来。

“我是苏贝，”我回答他，“来自中国。”

罗伯特履行了他的诺言，他去买了两杯威士忌，还有一张彩票，但是他也说了谎。

“哥们儿，我请你喝杯——”他说。

“谢谢，我可以自己去买的。”我很感激他，“你买的巴拉圭赢？”

“本来是，不过出票的时候我改变主意了，我买了20注西班牙人赢。”

“你可真有眼光——”

“这倒是一个很贴切的称赞，”他大口喝着啤酒说，“下半场赔率增高了，大家都在赌巴拉圭赢。”

我离开座位，先去吧台要了两瓶白兰地，让酒保送到我的桌上，然后我自己去买了彩票。

“你去哪儿了？”罗伯特已经喝光了威士忌。

“我去请你喝杯，然后顺便买了彩票。”我说。

“谢谢。不过你买了多少注？”

“200 注。”

“你真够有魄力的，你赌的哪边？”

“巴拉圭——”我说。

下半场比赛进行得很紧张，双方攻击非常激烈，巴拉圭人像是打了鸡血似的顽强，守门员拍掉了所有西班牙人的进球。酒吧里的看客也分成两派，支持西班牙人的喝着威士忌，支持巴拉圭人的点了白兰地，这方便看客清楚知道谁是自己阵营里的人。

不过西班牙人很凶狠，就跟他们敢玩斗牛一样。在巴拉圭人拍掉他们所有的进球时，他们表现出了愤怒，西班牙人彻底觉悟了，是时候释放他们的血性了。

在距离比赛还有十分钟的时候，巴拉圭人没能防住西班牙人，让他们钻空子进了一球。这粒进球成了巴拉圭人永远的遗憾，他们到比赛结束也没能进一个球，他们输了！

“哈哈——”罗伯特兴奋说道，“我就猜到这群巴拉圭人下半场一定不会有好果子！”

我佩服他的谋略，看着他拿着那 20 注彩票去兑了奖，然后兴奋地回家了。

而我掏出买的 200 注彩票去了奖池，拿了自己的奖金 2000

块，我买的是西班牙人赢。

我又独自在猫屋坐到12点，要了两瓶芝华士，花掉200块。当我带着满身酒气走在街道上时，我就后悔了，我真能作死的！

从医院出来时，医生可特别吩咐我来着，我有胃肠炎不能沾一点酒精，否则我的胃肠很快就会烂掉！而我现在真的感觉肚肠在溃烂啦，我的腹部在隐隐作痛，像被毒虫撕咬着，我感觉它们会咬烂我的五脏六腑，然后从我的口腔里爬出来笑话我。

我沿着街道走着，心里不断提醒着自己：不能再喝啦！我是禁酒之人，要彻底摆脱酒精这玩意儿，一定不能再碰啦。我居然流泪了，是的，一个大男孩儿在街边流着泪，多么凄惨可怜。

十年了，一切都是杳无音讯。他喝了老鼠药，铊中毒而死在浴缸，以为一切都结束了么？根本不会。他们杀了人然后掳走我妻子，从此销声匿迹，我没有再找到他们的蛛丝马迹，根本找不到！可这不意味着他们都已经死了，或者在偷渡的时候遇上了海盗，现在加入了海盗同伙，全身文身了，没有人认得他们。而我的妻子，很可能在那吃鼠药的家伙死之前就被杀人灭口了，可我翻遍了本市，也找不到她的尸体。

早晨醒来，久违的头痛感归来。我敲了敲脑门，从床上艰难爬起来，我可不能就这样稀里糊涂死了，我在笔记本上每一页都写上了“戒酒”两字，我一定要放弃这玩意儿，我发誓。

今天外面的天气风平浪静，没有冰雹、没有雪花，只是偶尔有一阵呼啸而过的北风。我在胡同口的一家小卖铺用公用电话拨通了理查的电话。

“早上好，我是理查，阁下找谁？”理查在对话那头很有礼貌地说着。

“我是苏贝——”我说。

“接到你的电话我很高兴，我预感今天会有好事儿哩！”

“我现在只能确定一件事，”我说，“她不是自杀——”

“有证据么？”

“想死的人不会想去吃晚餐的。”

“也许她不想做个饿死鬼，”他说，“不过这倒是个好借口。”

我挂断电话，然后买了两个热狗和一份报纸，还点了一杯咖啡，我真的头痛死啦！回到破旧的家中，我边啃着热狗边看着报纸。

这座城市从我来的第一天起，我就知道这里可不是什么太平的地儿。当你每天看早报的时候，总有一些人奇怪地死去了。

不过今天有点例外，因为死的人是一位党派人士，据说是他在去会情人的路上被暗杀的，死有余辜。我喝完咖啡，无所事事，虽然我是有任务的，但我只感到内心空虚，自从遇见了乔安娜之后，我就变成这样了，我在想，我是不是该谈恋爱了？

我不能去酒吧，但我又没地方去，我得想个好去处，可我一直坐到中午都没有挪动一步。

下午，我找到了罗不拉，他可是本市最忙的人。我们在上回那个关了门的咖啡馆见面，当然这回开门了。

“事情进展怎么样了？”他问我。

“稍微前进了一点，”我说，“我的意思是，我断定她不是自杀。”

“可是上头让紧急结案了，你知道为什么么？”

“不知道。”

“本市大选要开始了，所有的案子都在紧急处理，我们现在都没工夫揍那些街头混混啦！”

“一切为政治让道——”我说。

“是的，但也不全是——”看得出来罗不拉很无奈，“死者房间没有任何搏斗的痕迹，只有割了大动脉后流了一地的血，最要命的是，死者一直心情低落，完全有理由相信她有自杀的倾向！”

“无证之罪——”

“对！你找不到任何蛛丝马迹去证明是他杀，她哪怕活着的时候精神点儿也好！可最后一切证据都指向她是自杀，我们没有时间，而且尸检也排除了中毒的可能性。即便凶手就在我眼前，那也只是无证之罪。”

你说人是凶手，你就得有充足的证据，而客观条件只有一具流干血的尸体和一间整齐的房间，还有她那具备自杀倾向的低落情绪，你不能用主观的东西去判人罪，否则就成了“无证之罪”，法律就没有意义了，政治就更乱了。

“那个日本男人查到了么？还有个女人叫骆桃儿——”

“听说他在东街找过乐子，女的来自马来西亚，只能查出这么多。”

罗不拉离开时，给了一个信封，里面放了2000块钱，这不是给我的酬劳，而是对死者的补偿，死者死得不明不白。

我想找个人一起吃晚饭，上回赌球赢的钱还在呢。可是我找谁呢？乔安娜么？会不会太唐突，如果被拒绝呢？我不太有把握她对我有很不错的印象。那个柬埔寨人呢？我有阵子没看到他了，他可还是我的司机呢！我总是忘记自己是有司机的人，不过听着好讽刺。

最后我在路边的电话亭拨通了薄荷的电话，我只能想到她了，而且她一定不会拒绝。

我们在一家德国餐厅共度了晚餐。餐厅的环境非常优雅，中古世纪的欧洲风格，会让人浮想联翩的那种。我点了杯伏特加，俄罗斯人最喜欢喝的酒，而她照旧点了杯绿薄荷。该死！我突然想起来了，我早晨刚信誓旦旦戒酒来着。

“我不该喝酒的——”我说，然后把装满伏特加的酒杯推到一边。

她把我的酒杯拿了过去，然后把伏特加混入了她的绿薄荷，以前我经常这么干，而且颇有研究。比如我经常把威士忌倒在白兰地中混着喝，那味道就像苏格兰男人爱上了法国女人，风情万种。

晚饭过后，我们还去看了电影，像极了几年前我们谈恋爱那会儿。从影院回来，我送她回家，在门口，她问我要不要进去坐会儿，她可以给我泡杯柠檬茶。

我跟着她进去了。

早上，从她家中告辞时，我问她，要不要晚上一起吃饭。她没有肯定给我答案，我得下午再联系她一次。

我没有回我的小胡同，而是去了东街，由于路途颇远，我征用了我的司机。

“德国队要赢了！”他说。讨论球赛能迅速让我们有共同话题，“虽然半决赛还没开始，但是我有预感，德国人会赢！”

事实上，目前半决赛的球队有四支，荷兰队、乌拉圭队、德国队及西班牙队。

“也许吧。”我说。

“最近的棒球比赛你看了么?”哦，他真是个狂热的体育分子。

“我对这个不甚了解。”

“纽约洋基队可真了不起，不过我不认为他们能拿到冠军。”小谷说着，表现出他对这支著名的棒球俱乐部的不满，“你知道，他们球队里有个叫迈克的家伙——”

“不知道，他怎么了?”每个人都会对八卦新闻感兴趣的。

“他是个同性恋——”他愤怒地说道，“我打赌不止他一个，他们应该叫做纽约基佬队。”

我赞同地点了点头。

“你看篮球么?”他可真是无所不知。

“如果实在找不到好看的节目，我会看上一会儿。”我说。

“我感觉迈克尔还会复出——”

“他已经四十多岁了。”我不可思议地说道。

“但不代表他就衰老啦!”他说，“他娶了一个年轻的模特儿，可有精力哩!”

我被他的说法彻底逗笑了。“哈哈！我就打赌你会开怀大笑的!”柬埔寨人像取得了一场胜利般兴奋。

很快我们便到了东街和东大道的交叉口。我去办我的事儿，而他去加油，然后在这里会合。

要凭空找出一个人并不容易，我只知道他的名字而已。我问过几个路人，田野山二的名字都没有听说过，接着我就换了一种方法，我假装是来这儿找乐子的。

我挑选了一位来自欧洲的女子，她叫晴，当然肯定不是真名，按她所说，她今年26岁。

“有日本男人来这里找过乐子么?”我问她。

“太多啦,”她回答,“各种人都有。”

“最近呢?”

“谁会去记这些东西,除非他下回还来。”她的手沿着我的腋窝向下滑着,这让我感觉阵阵酥麻,“你下回还来找我么?”

“应该会的——”我说着。

离开时,晴对我说:“如果你下次还来,也许我能记起点什么。”

我回到岔路口,柬埔寨人立刻从车里跑了出来找我。

“天哪!”他说道,“我差点没命啦!理查先生要是知道我把你弄丢了,还不得把我骂死!”

“我只是去找了点乐子。”我说了真话。

回去的路上,柬埔寨人依旧是忧心忡忡的,看来我没有事先和他打招呼,他惊讶不少。

经过布道人酒吧的时候,我下了车,我下午在这儿约了人,而柬埔寨人就提前下班了。

禁酒之人并非不能去酒吧,只要不沾酒精这玩意儿就好。时间刚好下午三点,正是“布道人”聚会的时间,一群资深的酒鬼喜欢在这儿集聚,我以前也经常在这儿参加他们的聚会。

可别小瞧了这活动。参与活动的人会评选出“每周最佳酒鬼”、“每月最强酒鬼”及“年度最佳酒鬼”。我便是去年的“年度最佳酒鬼”得主。这可并不是讽刺意义的聚会,相反地,很多人参与了这次活动后就戒酒啦!每个都自以为是资深酒鬼的人来参赛,可最后没有拿奖,渐渐地他就放弃啦,因为灰心就开始对酒精排斥,最后戒酒了。

瞧!我一到这儿就是名人哩!

“嗨！苏贝来坐这里！”有人在喊我。

我听着命令坐在了他们中间，我已经很久没有参与这样的会议啦！他们先讨论了自己各自在过去一个礼拜里醉过几回，然后吞了多少酒精，然后再分享自己的喝酒心得，最后轮到我发言了。

我说：“我戒酒了——”

台下沉静半秒后哄堂大笑。

“你跟我们说说你是怎么戒掉这玩意儿的？这世上还有比酒精更好的东西么？”

“我还在戒酒期，我相信我能戒掉，”我说，“我更清楚我在失去这个世界上最好的东西——”

我说着，台下居然安静下来。

“我大半辈子都在饮酒，因为我大半的时间都在痛苦，它们就像一对情人，如影随形，但是现在是时候让它们分开了……”

我继续着我的演讲，台下居然有人被感动了，可我都记不清我说了什么啦！散会后，我独自坐在吧台，酒保问我喝点什么，我说给我来一杯白兰地。

他一定在背后议论我是个口是心非的人，不过不需要解释，因为喝酒的人已经过来了。

“嗨！大佬！”他总是这样称呼我，我们尊敬的卢市长。他没先坐就一口把吧台上的白兰地喝个精光，“大佬你不介意吧？”

“我戒酒了。”

“那可不是件容易的事儿，”他说，“不过我支持你。”

我让酒保又加了杯白兰地，不过他要求换了一杯人头马，同时我为自己点了杯醋，这醋可不是食用醋，而是一种甘醇的饮料。

“大佬，”他说，“我帮你打听了——”说着他从里面口袋中拿出一张照片，“这家伙是她的男朋友，真够悲惨的，女的一尸两命。”

我接过照片，然后从口袋里拿出了点钱给他，这是他应得的报酬。

“小事一桩，我走了，大佬！”他一口气喝下一杯人头马，告辞了，他可是个忙人。

我拿出200块钱放在柜台上，当然小费也包括在内，然后揣着照片离开了，我还有个重要的事儿呢！我约了薄荷晚上一起吃饭来着。

我在路边电话亭拨通了她的电话，但是她不在家，我给她留了言，告诉她，我找过她。既然如此，我只能自己解决晚餐了。我去了“布道人”对面的超市，这是这条路上最大的超市，我来这儿，最主要还是因为这里物美价廉，是个平价超市，尤其是香烟，比我那条胡同边上的小卖铺还要便宜几块钱。

我买了鸡排、生鱼片、几种蔬菜和奶酪，还买了一罐中华茶叶，这足够我一个人对付整夜了。我沿着街道回家，老实说，今天的天气应该是一周来最风平浪静的，因此路上的人多了起来，因为糟糕的天气困在家里早晚会把人闷死的！

我烧了壶开水，用来泡茶叶，接着拌了一盘沙拉，然后自制了一块鱼肉比萨，我可真有创意。这样的营养搭配的晚餐多么值得推广，我心里想着。

比萨我只吃掉一半，沙拉我吃完了，茶水我喝掉两壶，就这样我吃撑了。我把剩余的比萨包好放到冰箱，留作明天的早餐，并且又烧了一壶开水。这时候电话响了——

是薄荷打来的，她听到我的留言，然后给我回电。

“我找到份工作，”她说，“带孩子的活儿，在一家托儿所。”

“这是个轻松的差事，挺不错的。”我为她感到庆幸。

可电话那边沉默了许久，我以为她没有听到我的话，我又重复了一遍，“这是个挺好的活儿，我替你高兴。”

“苏贝，”我能从她转变的声腔中听出一丝难过，我知道她即将告诉我一些让我听着难过的事儿，“我谈恋爱了——”

这回我沉默了。

其实我早就知道了，不是么？一切都那么明显。

第二天早晨，我7点不到就醒来。今天是我成功戒酒的第二天。

我去小卖铺买了份报纸，本来是要买热狗的，但是想起来昨晚冰箱里还有剩下的半块比萨，我就把买热狗的钱，换了一包新鲜的牛奶。

报纸上没有任何负面的新闻，本市国泰民安。我最感兴趣的就剩了体育报道，半决赛的对阵名单出来了，荷兰对阵乌拉圭，德国对阵西班牙。

一早上我就在一份报纸中度过了。下午，柬埔寨人来接我，我们去了南巷。看样子，今天的天气好不到哪儿去，出门的时候就开始飘着雪花，没多长时间，已经是雪花飞舞，地上铺满了厚厚的积雪，这情景和我们第一次来相同。

小谷这次没有聊起任何有关体育的话题，其实我心里很期待他调侃那些球队，可真好笑。

“你猜半决赛哪支球队获胜希望大些?”我挑起话题。

“你说的是什么比赛?”

我差点忘了他可是精通各类体育赛事。

“橄榄球——”我心口不一变口说道，同时测试一下他是否真的是万事体育通。

“我看好达拉斯牛仔，”他回答我，“他们可是全世界数一数二的橄榄球俱乐部。”

他毫无表情地回答我，我可以感觉到他心情很糟糕。

“谷，”我称呼他，“你心情很坏。”

他沉默几秒，然后才告诉我答案。

“他出事了——”他说这话的时候差点要哭出来。

“理查先生么?他怎么了?我不久前刚和他通过电话。”我是真担心我的老板会中途出什么事儿，虽然他对我并不友好，可却是个阔气的老板，而且我还有剩下的七成薪水没有拿呢!

“哦，不是理查先生。”他说道，“是迈克尔——”

“是他，”我说，“他又离婚了?”

“是迈克尔·舒马赫，他要死啦!”谷流泪，他在为一个素不相识的体育偶像伤心，“他成植物人了。”

我安慰身旁的柬埔寨年轻人，“他会好起来的，朋友们都在为他祈祷呢!”

“但愿如此吧。”

我们在到达南巷与南大道交会处停了下来，这里有个加油站。“我上次就在这儿加油的，”他说着，然后指着旁边的小卖铺，“瞧!香烟买这店里的!”

一个汽油味到处散发的地方，居然还有小卖铺出售香烟，难不成车主在加油的间隙可以抽上一支烟?

我们加满油，然后从前面路口拐了进去，很快就到了路易斯·陆的家门口。

我像上次那样敲门，边叩门边喊着："有人吗？嗨！我给你送100块哩！"

我看早报，看到那名叫做赛斯的西班牙拳击手拿到了冠军，斯蒂芬那家伙被他两拳就撂倒啦！真是个不要命的家伙，西班牙人最后拿到了500万的奖金。他的拳头可真值钱，我当时想着。

陆很快从里面开了门，而我愿赌服输，给了他100块钱。他看到我第一眼并不乐意，但是得到100块后我们好聊多了。当然，我找他肯定不是为了履行我的承诺，我想再和他聊点什么。

"好吧，说实话——我没有全部说实话。"陆说道，"但我要说的和这个女人的死毫无干系，是另外一件事——"

"喔？"

"你让我考虑一阵子我再告诉你——"他说，看上去有点害羞，不对，是纠结，也不对，管他呢，总之很复杂。

走出陆家门口，外面的雪已经堆积得差不多有了10厘米，这雪下得可真着急。由于出门的时候我并没有舍得穿我那体面的靴子，而是穿了一双皮鞋，三年前买的，有点大，所以踩进雪地后，要连鞋带脚抬出来就显得有点费劲。

柬埔寨人这次躲在了车里笑话我，幸灾乐祸地，他似乎忘了舒马赫是个植物人的事儿了。外面的雪还在下着，没人知道它什么时候结束，在我印象里，本市最长的一次雪下了两个月。

"您应该垫个鞋垫什么的，"谷说，"或者让脚长大点。"

"是个好主意。不过我已经决定把它塞进垃圾桶了——"

柬埔寨人启动车子，可是那该死的发动机不听使唤，它被这雪天冻坏啦！天色昏暗，但是看起来还是苍白一片。小谷打开了前盖，在雪花中捣鼓着发动机，“我们被困了！发动机现在就跟一堆废铁似的！”柬埔寨人丧气地回到车里说着，都快成圣诞老人了。

“也许我们可以试试人工发动——”我说。

“这法子不管用，这么厚的雪，我们两个根本推不动它的嘛！”

“也许我们可以试着给发动机浇一壶热水——”

我说着，他吃惊地看着我。

小谷去居民家讨到一壶热水，而我这该死的大号鞋让我行动不便，就顺理成章成了命令者。他把一壶热水浇在发动机上，我试着启动，发动机发出沙哑的叫声，就像要死的人剩最后一口气。

“还需要点热水——”我说道。

柬埔寨人又垂头丧气地去居民家要了点热水，不过只有半壶，因为主人家只剩了半壶。他把半壶热水又一次浇在了发动机上，我重新启动，发动机开始抖动，我似乎能感觉到它的那口气要喘上来，可结果就是差那么一点点，如果再多一杯水的量，它一定就起死回生了。

我无奈地看着柬埔寨人，我想我们今晚是要在这里找地方落脚了。不过柬埔寨人丝毫不这样认为，他在那该死的发动机上撒了一泡尿，它居然复活了！

“该死的王八玩意儿——”柬埔寨人关上车门说，“真够贱的！”

我们没有沿着原路返回，而是从西大道折回，这一路的雪薄一点。途中我们经过威尔街，在 35 号处，我忍不住朝着里面看了看，卧室内灯火通明，窗帘未拉，想必此刻她还没有睡觉，我考虑是不是要上去跟她打个招呼，哪怕是个最简单的招呼，可是我图的是什么呢？我和她已经分手了，很久之前就分手了！我心里默念着告诉自己。

我在胡同口下了车，然后邀请柬埔寨人去我那里坐会儿，不过他拒绝了，他要赶回家看电视，有一场在伦敦的网球公开赛马上要直播了！

我照例先烧了壶开水，接着泡了一壶茶。我仔细看着我这几天来的记录，我得摸清楚我现在的进展，我得对那新西兰人有个交代，没准儿一会儿工夫他又该不请自来，我可不喜欢这样没礼貌的客人。

我目前确定的线索只有两条，一个是找到卢品赖给我的那张照片上的男子，他是死者的男友，还有一个就是找到日本男子的行踪，他是个嫖客，只能如此。

我喝了口茶。真够苦的！我居然加了二两茶叶的量。我看着窗外，虽已晚，但比起我正常的作息时间，现在距离休息还有一段时间呢！孤独的雪夜可真是难熬，这样的天气真适合搂着女人在雪中拥吻，那可真是浪漫透了。

你越想到孤独，你就越感到孤独。我难道要在屋子里枯坐到深夜，然后卷上被子睡大觉么？我想，柬埔寨的小伙儿这会儿肯定在一边嚼着薯片，一边喝着啤酒，目不转睛地看着比赛吧；卢市长这会儿应该藏在东街的某家商务会所里，有可能还在伺机安装他的针孔摄像头；罗不拉警察这会儿应该还在工作吧，他是一个对政府完全忠诚的人；我的前女友呢？她会不会拉上了那该死的窗帘？

不管怎样，好像所有的人都有事干，只有我闲着，无人问津。我想起了另外一个人，喔，她那漂亮的金色头发总在我的脑袋里挥之不去。

我快要孤独死啦！我套上大衣，换上了体面的雪地靴，我一定要出去走走，哪怕是去和胡同小卖铺里的老板聊上几句，然后我请他抽支烟，而他会请我喝杯咖啡什么的。

不过，我的想法没有能实现。因为雪天，小卖铺提前关门了。这样看吧，我没有地方去了，唯一能容纳我的地方，屈指可数。我招了辆便车，给了他十块钱，他送我去东街向南的一家酒吧。

这是家巴士酒吧，只能容纳十来个人，老板是女的，是爱尔兰人，三十来岁，非常热情好客。

“哟！苏贝我们好些日子没见啦!”艾莉·巴涅是她原来的名字，巴涅是她老公的姓，哪里的人不清楚，只听说在战争中死了，后来她就改名了，现在叫做艾莉·斯嘉丽·约翰逊，看得出来，她是斯嘉丽·约翰逊的忠实粉丝。

“是的，斯嘉丽，我非常想念呢!”我们像好朋友见面一样拥抱。

“我喜欢你这样称呼我——”说着，她给了我侧脸一个吻。这可不是爱尔兰人的习俗，是从她丈夫那里学来的。

我喜欢巴士酒吧，窄小的空间，深长的隧道，多么像一次观光旅行。这里的气氛欢快极了。

“嗨，要喝点什么?”斯嘉丽问我。

“随便，总之不要是酒就成。”我说。

“可我这里除了酒并没有别的玩意儿。”

该死的地方就在这儿。有时候你拼命去戒酒，但是条件不允许你戒，你看看，“除了酒没别的了”，他们也没逼迫着你喝酒，但是你总要点杯什么，否则你就跟一个傻瓜一样坐在这儿。

“我需要一杯冰水，我付一瓶蓝带的钱。”我说。

“这和喝酒有区别吗?”她说。

管他呢，总之我不能喝酒。而我今天来的目的只有一个，找个人让我显得不那么孤独。不过事与愿违，我整整坐了2个小时，也没有一个愿意与我搭讪的人，是的呀，谁愿意和一个只会喝冰水的家伙搭讪呢!

不过在我喝完第三杯冰水的时候，有熟人找我说话来了，他可真是无处不在。

“你这可对这家巴士酒吧不尊重——”理查坐我对面说道，“你就好像一个和尚犯了戒。”

新西兰人在这里的人气很高，在我们交流的5分钟内，至少有20个人过来跟他打招呼。他喝着一杯樱桃白兰地，斯斯文文的，有时看上去又有几分冷酷。

我跟他汇报了我最近的进展，他听完依旧是一副冷酷的表情，在末了，他说，“如果需要钱，我可以再打给你点预付款。”

“暂时还不需要。”我回答他。

我要孤独死了。

第二天，我睡到11点，其实我早就醒了，只是不想睁开眼。中午的时候，我才从床上爬起来，百无聊赖，自从有了这个水壶，我就喜欢上了喝茶，这种说法听上去很奇怪。

想到这里，我放下茶壶。

肚子开始提醒我要进食了，不停地闹腾，像一只发了疯的野狗在我腹中逃窜。我翻出来一件尼龙大衣，然后套在身上出了门。

我从不奢望在本市能看到明媚的阳光，这概率要比本市每天不犯案的概率都低。路过小卖铺，老板跟我打招呼，说实话，我还怨恨他昨晚提前关门，否则我不会陷入如此的孤独感。不过我还是善意地回应了他。

走到东街不远处，我看到了一部电话亭，我实在不想一个人孤独就餐了，所以我拨通了威尔街189号电话。

"我是苏贝，"我说着，喉咙有些干燥，因为是她的声音，我还想继续说下去，我真的想邀请她一起去吃墨西哥餐，可这时线路中断了，"真该死！"

孤独是命中注定的么？我换了一部电话，我一直想犒劳下我的司机呢。

"谷，"我说，可还没等我继续说，他便回我说："苏先生啊，您吃过午餐了么？我刚烹饪好一道中国菜呢！"

我感谢了他的美意，然后没有再打其他的电话。我打了车然后去了东街思江路上的一家日本自助餐馆。

一般而言，我们都会热衷于聚会，比如在国外，我们就会积极参与本国人的聚会，这能让我们感觉到不那么孤独。所以，说不准儿我能在这儿找到那日本人的线索。

我不是很快地吃完自助餐，然后给了100块小费，服务员是个日本女孩，看上去非常高兴。

"这家餐厅的味道可真不错！"我说，"挺醇正的日本菜吧？"

"是的，先生。"她说，"我们的老板就是日本人，他从日本带来的厨家帮子。”

“喔，现在像你老板这么认真做事的人可不多呢！”

“是啊！做事总是一丝不苟的！”

“他在么？”我说，“如果能认识他我会非常荣幸的。”

“喔，他很少来店里的，”她说，“基本上一个月才露面一回，谁也不知道他何时来。”

“我能留个联系方式给他么？”我说，“有个中国朋友很想与他结交。”

“我会转告他的，他会非常乐意成为您的朋友的。”

我在账单上写下了自己的联系方式和姓名，然后告辞。

对我而言，找到日本人是我目前唯一一条清晰的途径。当然，我说过，即便我现在知道谁是凶手也是枉然，是无证之罪而已，我需要弄清楚死者死亡背后的真相，当然也包括找到凶手。

下午，我没有让自己有空徘徊在酒吧门口，我得让自己忙碌起来，这样才会忘掉孤独感，而目前来说，能让我忙碌起来的就是这件案子。

我去照相馆把死者女子照片和他男朋友的照片复印了100份，我准备找机会随时把它们发出去。干完这些，我又顺道打车去了东街与东大道交会处，然后从口袋里拿出一张纸条，在附近的电话亭拨了过去，很快他就来了。

这次他没有给我戴上眼罩，还一路跟我聊天来着。他问我怎么称呼，我说我叫苏贝，我从不担心别人在我背后诋毁，我是无党派人士，不需要树立亲民形象。他说他叫朴民，是首尔过来的。可我总觉得他没有说真话，他兴许不知道韩国人的模样。

在上次的门口，我们下了车，我按惯例先给了他200块钱，然后他守在门口，我独自进去了。里面坐着的依旧是上次的女人，只是少了一个欧美女人。

毫无疑问，我选了晴。

“你还没找到你的日本人啊?”晴问道。

“我想你能帮我这个忙，那家伙曾经在这里出没过。”我说。

“那你可得费不少劲儿了——”她说，“你知道的，这里可不止我们这块干这个，可多着呢!”

“那个欧洲来的女人去哪里了?”

“她跟上了另外一个南非来的皮条客，也是这一带的。”

“所以你可以帮我的，不是么?”

我取出200块钱给了她，然后留给她我的电话。接着门外响起了敲门声，她在我脸上吻了一下，然后我便告辞了。

等我回到家中的时候，已经接近晚上8点。我在胡同里的小卖铺买了些杂碎，有热狗有面包，总之能让我填饱肚子的东西。我查看了下电话，下午路易斯给我来过电话，我不在家，他给我留了言，他约我明天晚上在南巷尾的一家台湾面馆见面，他说他想好要告诉我那件事了。

我烧了壶水，然后把买过来的食品吃掉一大半，这可真是一顿饕餮呀。自由晚餐过后，我什么也没做就躺床上睡过去了。

第二天，我不知不觉醒来，胡同巷子里传来接二连三的脚步声，这在北巷可是少之又少的情况，一般大家都不出门，害怕被人看见穷酸的模样。

我套上尼龙外套，然后从窗户边上往下看，小卖铺门口挤了不少人，在争先恐后地讨论着什么。出于好奇，我很快下楼去了小卖铺。

“苏贝快来！”老板从大老远就开始喊我。

“还剩最后一份报纸了，我可特意为你留的。”我走到小卖铺前，他拿出一份报纸给我。

报纸的头条便是：“维克党与复兴党正式宣战”。

“这可不是什么新鲜话题——”我说。

“这次可不一样，死人啦！死了好多人啦！天下要大乱咯！”

我付了钱，拿着报纸回了屋，先是烧了壶开水，然后洗漱好，一边啃着昨晚剩下的食品，一边喝着热茶，一边读着报纸。

很显然，政治性的新闻受群众关注度极高，因此都忽略了在报纸首页下方有一则关于死者的报告。不过也只占用了很小的面积，文章也只是草草几句，只是提到了死者的男朋友而已，并无其他。

我厌恶参与政治性的讨论，那是金字塔尖玩的游戏，而我连金字塔底层的人都不算，我是埋在地下的阶层。在本市，我只有暂住证和一张护照，说白了，没准儿新上任的市长改革就能立刻让我滚蛋。

我不想参与政治性讨论，我更不想加入政治性游戏，而且我觉得这是和我八杆子打不着的事儿，但是后来我发现我错了，从一开始我已经被卷入了这场政治性战争。当我被人拿枪从背后指着的时候，我曾以为我这辈子就这样完了，我没有履行诺言，我愧对我的妻子，我没有找出真凶，我将带着未知的谜底去阴曹地府然后继续找到那喝鼠药的家伙。总之，是生是死，我必须要搞清楚事情的真相，这就是我要死之前的想法。

我收好报纸，换上干净整洁的衣服，然后去了威尔街 189 号。没有可懈可击的谋杀，即使在没有证据的情况下，我们仍然可以一步步推理出背后的真相。

我到达旅馆的时候，有几个旅客刚离去，而乔安娜正在收拾着大厅。

“喔！好久不见。”她说。

“好久不见。”我回答。

我们就坐在大厅，面对面，老实说，被她这样看着，我多少有点不习惯，竟然几次语塞，说话不顺溜。

“最近生意不错嘛!”我说。

“其实没多大变化,”她为我倒了一杯水，“最近来了不少外地人，说话各色各样的语调，我都巴不得他们早点走哩!”

“我可盼着他们能在这里多逗留几天呢!”老曾从楼上下来，和上次一样，手里提着客人用过的洗漱用品，“要不然乔安娜你可得跟着我喝西北风去哩!”

“苏贝先生,”他把东西放在楼梯口，然后对我说，“茶壶好用么?”

“我现在每天都离不开它了,”我说，“没见过比这更管用的水壶了。”

“你等我一下,”乔安娜对我说，“我去换身衣服，我们一起去吃午餐吧!”

本来这话是我准备对她说的。

“案子有进展么?”老曾坐在乔安娜离开的位子，然后问我说。

我摇摇头，“毫无头绪。”

接着我又谈到当晚入住的几名旅客，想从老曾这儿获得更多的关于他们的信息。

“那个日本人住在204房间——”老曾指着二楼某处的房间说。我得再次清楚描述下这里的内部结构，上下两层，楼梯在中间，楼下房间不多，死者的房间在最右侧，二楼的楼梯左右两侧是201号、202号房间，依次类推。食堂在二楼最左侧。

“其他客人呢？”

“喔，有一位女客住在201号，一位男客住在202号，就是楼梯两侧的两个房间。”

我喝着茶，老曾把那些脏东西都塞进了一个大垃圾袋里。在这种情况下的等待是最寂寞难耐的，你着急期盼着她能快点出现，最好是一露面就能牵起你的手，或者直接在你的唇边来一个吻。

在我喝完最后一口茶的时候，乔安娜出现了。她换了一身黑色风衣，V形衣领，露出白皙的锁骨，而原本扎着的长发如今散在双肩上，金色头发显得更耀眼了，她是我目前见过最有气质的墨西哥女性。

我们去了威尔街上一家美国餐厅，这里距离旅馆不算太远，大概走了十多分钟就到了。

乔安娜说今天她请客，不过事后我才知道今天是她的生日。

“你要喝点什么？”她问我，我们坐在餐厅中央，这让我有些不习惯，因为我习惯在靠近窗户的位置。

“一杯苹果汁吧！”

她点了一份芝加哥牛排，一杯柠檬汁，还有一份甜品；而我点了一份巨无霸三层芝士汉堡，一杯苹果汁，还有一份沙拉。

老实说我并不喜欢北美这套饮食，蛋白质和脂肪含量太高，至少这样的营养配套不适合我这样的黄种人。

我们的午餐时间度过得非常愉快，而且餐后，我们又点了壶红茶。

“你还能描述出来那个问路男子什么模样么？或者他脸上有没有什么令人过目不忘的标记什么的？”我问她。

“过去好久啦！谁会对一个陌生人保持良好的印象呢，”她喝了一口红茶，“不过我好像记得他脖子上有块红色胎记，我记不清啦，也许是某个风骚女人给他种了草莓！”

我喝掉一杯红茶，然后从口袋里掏出一张照片，“是他么？”

“天哪！你找到他了么？”她惊讶地说，“我敢肯定就是这家伙！”

“他是死者的男朋友。”

“啊?!”她吃惊并不奇怪，但是对我而言，男友杀死女友此类案子比比皆是，不足为怪。

看来照片上的这个男子至关重要，我喝了剩余的红茶，心里想着。我很想约她晚上一起看电影，或者去看表演什么的，好把现在的气氛再向前推进一步，只是今晚我和路易斯有约。

我们沿着原路返回，在旅馆门口我们停住了，我向她告辞，她目送我离开。我走了有两分钟，招手打了一辆的士，他问我去哪儿，我说猫屋。不知为何，我突然惆怅起来，我这是怎么了呀？这种感觉就好像突然没有了方向，或者说是自己突然失去了方向，天哪，我这是要死了么?!

我在猫屋下了车，我知道接下来会发生什么。我要了5杯轩尼诗，还有10瓶蓝带，我这是要发疯了么？酒保目瞪口呆看着我，我问他要不要喝点，他拒绝我了。

我一会儿喝着轩尼诗，一会儿喝着蓝带啤酒，我还把它们兑着喝，管他呢！不知过去多久，应该是很久很久，安静的酒吧开始热闹起来，外面也已经一片漆黑，我问酒保几点了，那家伙告诉我，8点整。我掏出1000块钱，结了账，然后告辞。

十分钟后，我来到南巷的台湾面馆，也许是他们看到我满脸通红，或者是闻到我一身酒味，一开始他们居然把我抵挡在外，但是我用理智的思维告诉他们：“我确实已经醉得一塌糊涂！”

其实除了我身上的酒味，我其他的行为根本毫无醉了的迹象。一个做事理智的人是不容易醉的。听医生跟我说，所谓的醉就是酒精麻醉大脑神经，而人的左脑和右脑，分别对应人的理性思考与感性思考，要让喝酒者醉就是要让他丧失理智，如果喝酒者是个很理智的人，就不会容易让自己醉倒。不过在我看来，医生的这套分析着实有些扯淡，因为追根究底还是看喝酒者的酒量。

面馆不大，十来张桌子，不过客人倒是不少，最近好像所有的店生意都不错。我没有看到路易斯，这家伙迟到了，比我还晚。

我没有坐在靠窗户的位置，而是坐在了餐馆中央的一张桌子。我点了一碗炸酱面，边吃边等他。

外面的夜色不知不觉加深了。我吃完面，又坐了一会儿，路易斯还没出现，他爽约了，我最恨爽约之人！但也可能他遇到些特殊状况，比如晚上的橄榄球比赛，又或者什么拳击比赛，他在家看直播！

我走出面馆，居然还有月光洒在了我的脸上。我没有径直回家，而是步行去了东街，我想我的酒还没喝够。

不过我也没去酒吧，尽管“布道人”就离我不远。但是我敢肯定，这会儿酒吧里应该挤满了人。我在平价超市买了一瓶芝华士，还有一打啤酒，顺便还拿了一盒万宝路。我除了喝酒，偶尔会抽上两口烟，那是因为有段时间咳嗽得厉害，医生说我的肺像个烟囱，没有去戒毒所我便自个儿戒掉了，不过现在偶尔还抽这么一支。

我提着酒，去了南巷靠近路口的一家基督教堂。

对了，还记得故事开头么？那是我刚出院回家。一个礼拜前，我喝醉酒了，然后自己撞电线杆上，那天下雪，我差点就稀里糊涂被淹没在雪中死掉，但是后来有好心人直接把我送去了医院，我捡回来一条命。

我在医院躺了整整一个礼拜，医生对我管理得特别严，除了一天三餐，我只能喝水。我都快忘了医生的名字，但我记得他是来自马德里。两天后，好心的马德里人带着忧伤告诉我，我患了胃肠炎，是长期饮酒所致，所以我必须戒酒，否则病症会恶化，没准儿哪天我的五脏六腑就溃烂掉啦！

我已经喝掉三瓶啤酒，抽掉两支烟，芝华士也被喝了一半。我是个不守诚信的家伙，我是个做作的家伙！我感到酒精开始在腐蚀我的肚肠，那疼痛的感觉就像是我的胃被针穿。我的脑门开始冒汗，我确定要在教堂门口死掉么？

不会，这只是阔别已久的酒穿肚肠的疼痛感。

我记不清接下去发生了什么，我也不知道这晚上我喝了多少酒。等我再次睁开眼的时候，我出现在医院，还是上次那个马德里医生，他好像专门对付我这种人来的。

“我怎么过来的？”上次我也这么问过他，他当时告诉我是一个女的，不过她没有透露姓名就离开了。

“还能有谁——”罗不拉手里拎着两杯咖啡进了门，又说，“里格医生，劳累您了!”

没错，我想起来了，马德里人叫做里格。

“出事啦!”他递给我一杯咖啡，自己说着，“路易斯死了!”

“你不惊讶么?”我听着，并没有发话，他继续说着。“他死在自己家里——”

“又是一桩自杀?”

“我们穿过南巷的时候，看到教堂门口有个酒鬼躺在地上，可没想到是你——”他说，“他要死的时候，给警察局报了警，我们到他家的时候，他已经死了。”

路易斯没有赴约，死在了家中，而且死之前自己给警察报了警，而我幸运地因为他的一通报警电话而半路得救。

“听里格医生说，你不久前因为醉酒可刚从这里出去，而且上次比这次还要厉害!”看来他和里格交谈了不少，“哥们儿! 我可一直不知道你得那种病，否则我一定会阻挠你饮酒的。”

我听着他说，很少插话。

“苏贝，”他说，我知道他准备做最后的总结了，“大选要开始了，现在当局一片混乱，没有人有心思来管这些人的死活——”

“他是我的朋友，”我说，“不能让他死得不明不白。”

“这是委托书，”他从包里拿出一封信件说，“当局委托你全权调查此事，我们会给你不菲的奖金。”

我驳回信件，我说过我不想和政治牵扯在一块，何况我手中的案子到现在连死者姓名都不知道，我更应该把精力集中在威尔街 189 号上。罗不拉欲言又止，无奈告辞。

里格医生每隔半个小时帮我测量一次血压，在他第三次来的时候，我还是忍不住问了他：“你一定记得她的模样，跟我说说？”

我已经不止一回问过他同样的问题，几乎在医院的每天，我都会重复地问他，希望他能想起点什么，可是每次都毫无收获。他只记得她是女子，身高在 165cm 左右，不胖不瘦，化了浓妆，具体模样没法记清楚。

“你至少知道她来自哪个地区吧？”

“就凭她黑色的头发和浓妆艳抹的脸蛋么？”

“难道她的脸上就没有点什么特殊的东西吗？比如一颗痣或者厚嘴唇之类的？”

“哦！天哪！你说我是集中注意力救你，还是去观赏一个女人呢？”

不过每次都以这样的对话结束。

“老实说，你觉得你认识这个女子？”他给我量着血压，问我。

“也许不只是认识，”我说着，“非常熟悉。”

十年前，那混蛋掳走了马苏，然后在这个鬼地方吞了鼠药而死，而我的妻子从此不知所终。警局的那帮人，第二天在北巷一个胡同串子里发现了一具烧焦的女人尸体，然后就莫名其妙宣称我的妻子被谋害，唯一的证据就是死者尸体的右手上有一枚我们结婚时的戒指。

起初我差点就相信了，可我不认为我的妻子会有机会把戒指从左手挪到右手上去，所以我不承认那堆被烧焦的尸体就是我的妻子。

我以为是她，但一定不是。

“我的叮嘱对你来说就是耳边风，”里格收拾好血压计，看来血压还是偏高，“胃肠炎就快转变为胃肠癌啦！”

我没有回答他，无言以对。

“你这是在作死，上次只是个陌生的路人，你妄想故伎重演。”他说着，换别人都会这样思考，但事实上并非如此，我只是突然间失去了方向，我也没有恐惧感，只是高兴不起来，我也说不清为什么，也许我活在这世上已经没有任何意义，难道不是么？

在本市，我没有亲人，唯一相爱过的女子也另结新欢，而我为了生存下去，卑躬屈膝地签下了新西兰人的合同，然后周期性地跟个奴才一样向他汇报，与此同时，我新结交的朋友却突然死了，老天在故意将我孤立。

里格关上门走了，而我在听不见他的脚步声后，跟着穿上衣服下了床，我可不想再在这儿待一个礼拜。

我打车回我的胡同，我已经离开这儿一天一夜了，心里突然有些思念这儿。我从小卖铺拿了份报纸，然后买了牛奶和一份三明治，我不爱喝牛奶，但是那该死的胃肠炎不允许我喝别的。

我查看了下电话，昨晚 10 点钟左右乔安娜给我打了电话，然后给我留了言，原来昨天是她的生日。我啃着三明治，把牛奶一口喝个精光，然后读起报纸。

整份报纸没有报道死亡的消息，体育新闻版面也没有播报最近的比赛，所有的焦点都集中在下个月的大选。我叠起报纸，然后给乔安娜回电，我先是补上了祝她生日快乐的话，然后为了将功补过，我邀请她晚上一起吃饭，然后看电影。

对于我的盛情邀请她没有拒绝，接下来我就期待着今晚的电影。

中午时候我又接到一个电话，电话那头是个女的，聊了两句后我才知道她是晴。听起来她有好消息要告诉我，但是我得自己再去一趟。

我很乐意再去一次，不过在此之前我得去看下路易斯，我想知道的是他原本想告诉我的是什么，而且他的死法也够新鲜，不找救护车而找警察。

我给柬埔寨人打了电话，我需要征用车，让他这次加满油过来。然后我又给理查留言，希望他能把死者男朋友照片刊登在报纸上，这样比我去发照片快捷有效多了。

剩下的时间我烧了壶水，喝了两杯茶的时候听到小谷在胡同外摁了两声喇叭，我套上大衣便出去了。

“我想接下来我要准时上班了。”谷笑着说，显然他从我电话口气中预感到事情的进展。

“我想是的，”我说，“你会错过不少精彩的体育赛事。”

他笑了起来，“这些比赛十有八九我都猜得到比赛结局，我可不是吹牛，我只是闲着所以才看那些无聊的比赛。”

“咳，我都忘了半决赛在什么时候。”

“我也记不清，”他说，“我是逮到什么比赛就看什么，我不挑剔。”

今天天气一般，虽然依旧阴冷，但至少不是雨雪天气。我们很快穿过南巷，在经过加油站的时候停了下来，没有加油，他是加满过来的，我去小卖铺买了一包烟，长路漫漫不抽烟真是太枯燥了。

路易斯死后，他的一个远房侄子过来帮他处理后事，我们两个进行了交流，而谷按老规矩在外面等着。他叫做布鲁克斯，我喜欢喊他小陆，我们交流起来非常融洽。

“你叔叔是个好人，”我说，“他死之前最后一次联系你是在什么时候?”

“一个礼拜前吧，”他说，“他说他很想我们，我们确实好久没见了。”

“他死得很突然。”我说。

“是的，”他说，“警察也没查出个究竟，可我想我叔叔没必要把自己的死告诉警察，如果要报警他应该先找救护车才对。”

“他是怎么死的?”

“据警察说——我没有见到他最后一面，他们通知我来的时候，人已经被拖上车带走了，”他说，“他在家里看比赛，然后他拿着叉子把自己的喉咙刺破。”

“喔?”

“他当时边吃牛排边看着比赛，太激动导致了意外，”他说，“真搞不明白他就这么死了。”

“也许这是他欣赏比赛时的嗜好。”我说。有的人看比赛就是有怪癖。

而我，只要几杯普通的白兰地就好了。

布鲁克斯打开了路易斯的房门，里面还没有收拾，床单上还有牛排，不过已经漫着臭味，成了微生物繁殖基地，房间物品摆放完整，窗户反锁着，只有床边有一部电话。

看来整个死亡过程进行得非常顺利。

临走时我跟布鲁克斯拥抱了下，老实说路易斯真不该死。

我上了车，点燃了一支万宝路给谷，我自己也抽了一根。

“好端端的人就这么死啦!”我心里难过，就对小谷说了起来。

“那可不——”谷说，“生命无常，谁也说不准明天会怎样——所以我就从来不去思考我的明天。”

“没心没肺，活得不累，是这样么?”

“有这么点意思，”他赞同地点了点头，“人生又不是天气，又不能被预报。”

我很喜欢他的这个比方，尤其当我被人用枪指着脑袋的时候，我才领悟这句话是多么的有道理。

“苏贝先生——”我们同时抽完一支烟，各自扔掉烟头后，他突然问我，“你说人死后会怎样?”

“你知道么，”我说，“在我们中国有这样一种说法——”

我说了一个漫长的故事，伴随着一路的汽车碾压柏油马路的声音，一直到东街与东大道交叉口……

我说在我们国家，相传人死之后要经过鬼门关，鬼门关后有一条路叫黄泉路，路上盛开着只见花、不见叶的彼岸花，花叶生生两不见，相念相惜永相失。黄泉路尽头有一条河叫做忘川河，河上有一座桥叫做奈何桥。

奈何桥分三层，上层红，中层玄黄，最下层是黑色。生时积善成德的人走上层，善恶参半的人走中层，作奸犯科的人就走下层，愈下层愈加凶险无比，里面尽是不得投胎的孤魂野鬼。

“那有多少人走上层，又会有多少人走下层呢?”谷问我。

“目前来说的话，”我说着，“世界人口在负增长，说明死后走下层的偏多。”

“听着蛮有道理哩!”

我继续讲着，我们已经到了来时的东西街交叉口，过去快一半的路程。

忘川河边有块石头，叫做三生石，记载着前世今生来世。走过奈何桥有一个土台叫望乡台，你可以在进入阴曹地府前最后望一眼你的今生。

望乡台边有个亭子叫孟婆亭，有个叫孟婆的女人守候在那里，给每个经过的路人递上一碗孟婆汤。它是一碗让现世人忘却前世今生的汤药——

“我可以不喝吗?”谷很认真地问我，“该死的！为什么要喝?”

为了释疑，我又把故事补充完整。

不喝孟婆汤，就过不得奈何桥，过不得奈何桥，就不得投生转世。而凡是喝过孟婆汤的人就会忘却今生今世所有的牵绊，一生爱恨情仇，一世浮沉得失，了无牵挂地进入轮回道开始了下一世的轮回。

“那汤药里装的是什么?”

“据说是人活着一生的眼泪，”我说，“每个人活着的时候，都会落泪，或因喜悲，或因爱恨，或因得失。”

“是一碗眼泪熬成的汤药！”谷说，“如果是我就不喝，干吗非要投生转世呀！”

“是的。”我又点燃了一支烟，谷没有抽，我的故事吸引了他全部的注意力。

不是每个人都会心甘情愿地喝下孟婆汤。因为人这一生，总会有深爱过的人不想忘却。为了来生再见今生最爱，你可以不喝孟婆汤，那便须跳入忘川河，等上千年才能投胎。千年之中，你或许会看到桥上走过今生最爱的人，但是言语不能相通，你看得见她，她看不见你。千年之中，你看见她走过一遍又一遍奈何桥，喝过一碗又一碗孟婆汤，你盼她不喝孟婆汤，又更怕她受不得忘川河中千年煎熬之苦。

讲完这些的时候，我们已经到了地点。谷坐在车上不说话，想来被我这段描述惊吓不小。我没有打扰他的思考，独自下了车，而朴民早已在路口等我。

一回生，两回熟。朴民在车上和我聊起了天。

“嗨，”他说，“那小妖精可把你迷住了。”

“是的，她能让我欲罢不能。”

“她以前是做模特的，”他说，“但是你知道，那行业骗子太多。我意思是，他们先把你骗过去，交点钱，安排你走几回T台，后来就没人管你啦！”

我赞同他的观点。

“干现在这个至少不用看人脸色吧，”朴民递给我一支烟，“其实还不都是一个产业链，形式不同罢了！”

“我也憎恶形式主义。”我深吸了一口烟，浓烈的尼古丁味道，我感到一阵清爽。

“哥们儿！”他说，“味道怎么样？”

我再次赞同点头。

“越南来的，”他骄傲地说，“现在这玩意儿可不好弄。”

“是的。”

我又深吸了一口，然后但愿它能燃烧得快些。

“看来你们的客人都是熟客。”我想打听点什么。

“大多数是，”他说，“不过我们有规矩。”

“哦？”

“我们不给熟客不请自来的机会，”他说，“我们包接送，再熟的客人都这样，我们从来不泄露地点。”

“按规矩办事总不会出错。”

“是的，经验之谈。”

从他的嘴里想得到点有关日本人的消息基本不可能，他不但不会说，还会中断对你的服务。他可是个精明的商人呢！

“那些姑娘能给你带来多少利润？”

“最近生意还不错，”他说，“你知道现在的情况，没人来打搅我们赚钱了。我每周能从她们身上得到至少4000块钱。”

很快，他便把我送到熟悉的门口。我们各自按照规矩办事。

我跟着晴去了里面点的房间，她今天非常漂亮，哦，我可不是说她穿得性感或暴露怎么的，而是说她今天打扮得有点让我意外。

她穿着貂皮外套，里面是紧身保暖内衣，这可把她迷人的曲线勾勒得一清二楚，而且她似乎做了头发，化了淡妆，身上一股高档的香水味道。

“我要做回模特了。”她对我宣布说。

原来如此。

“你会成功的！”我祝福她。

“也许在我离开前，我能帮到你点什么。”她说着，“还记得上回跟了南非来的皮条客的姐妹么？”

“记得，”我说，“她来自欧洲。”

“是的。我们一直保持着联系——”她说，“有个日本男人常去她那边消遣。”

“还有其他的描述么？”我有点兴奋，“比如长相、姓名之类的？”

“我当然记得帮你打听清楚，”她说，“你是个好人——”

天哪！竟然有人觉得我是好人，我只是一个酒鬼，一个穷鬼，仅此而已。

“他有些秃头，有点小钱，他称呼自己叫做川岛，”她说，“不过这肯定不是真名。”

是的，没有嫖客会光明磊落地用自己的真名。

“嗨，我能知道你的真名么？”晴问我。

“苏贝——”我说，“没其他称呼。”

她弯下腰咬了一口我的耳朵，我闻着她迷迭香的香水味，当然还有她皮肤的甘醇芬芳。

这是个难忘的经历，而且朴民在外面没有敲门打搅。从里面房间里出来的时候，她跟我说：“我叫 Jane Gran，我的真名。”

简·格兰，我想我不会轻易忘掉这个名字。

朴民在门外抽着烟，抬着头看着天空，哦，他是在幻想吗？我拍了他的肩膀，他扔掉烟，然后打开车门，送我回去。

我能看得出突然发生了什么，让这个老兄如此心慌惆怅，仔细看上去还有几分可怜。

“嗨——”我打破沉默先说。

“她们要走了，”朴民沉默片刻然后说道，“哥们儿这可是我最后一次为你服务。”

看得出来，他也是刚刚知道她们的决定，这确实会让人有些难过，包括我。

“听着，”他说，“我可不是要贪她们赚的钱，我甚至把自己的积蓄拿出来给她们做路费。”

他很难过，我从后视镜里可以看到他的双眼通红。

“可是你知道么？”他继续说，“我爱她们，真的——没人比我更爱她们了。”

这哥们儿眼泪还是决了堤，我很难理解他的心理，所以我选择了沉默。他哭了两分钟时间，而我在想，这是我向他打听日本人消息的好机会。

“民，”我热情称呼他，“你可以跟着她们，继续为她们服务的，模特经纪人之类的角色。”

“你可不能把那玩意儿和拉皮条相提并论，”他说，“虽然性质一样，不过那可是个高端产业。”

“总之，”我又说，我得先宽慰他，“你可以帮到她们，你们可以在一起共事，像现在这样。”

“但愿如此吧。”

快到地点，我大老远就看到谷靠在车上抽烟。

“我得向你打听一件事，”我说，“关于一个日本人。”

“嫖客还是姑娘？”

“应该是嫖客，”我说，“他喜欢在这地方鬼混。”

“喔！我可不喜欢招揽日本人的生意。”

“哦？”

“一群挑三拣四的吝啬鬼！”他喷着唾沫说。

我在路口下了车，我们拥抱分别，他会带着他的姑娘离开，而我也不会再来这里。

“哥们儿，如果找到那个日本人，一定替我揍他几拳！”

我打了个“OK”手势，然后钻进了谷的车里。

谷好像迫不及待等我回来，一上车便问我接下去的故事。哦，天哪！他还沉浸在那个孟婆汤里。

“跟我说说吧，”他说，“如果我不喝孟婆汤，又不想跳进忘川河，有没有其他的法子？”

“活着。”

“早晚得死的呀，没准儿明天就上黄泉路。”他急不可耐地说，“我的意思是，比如我在黄泉路慢慢走，我可以不过奈何桥——”

我吃惊地看着他，这想法有多少人没想过呢？

“我还可以遇到我的亲人，还可以和他们打招呼，然后我们一起在黄泉路上慢慢走。”

这难道就是“我在黄泉路上等你”的由来？柬埔寨人还在积极努力思考，他觉得这个法子可行，居然忍俊不禁起来。

“那可不行，死神会监督你的。”我说，“他俩是一对好哥们儿，‘黑白无常’组合。”

听我这么说，谷唉声叹气，死亡没有空子可钻。

“苏贝先生——”他问我，“如果是你，你会怎么选择？”

“我？”我还真没想过这样的问题，“他们会让我走最下层——”

“您可是个好人，”他说，“最下层的应该是作奸犯科、杀人害命的恶人。”

我点燃两支烟，一人一支。

“那您会喝孟婆汤么？”

烟味有些苦涩，尼古丁的味道太淡，不过我还是猛吸了一口。外面的天色渐黑，前方东街灯火通明渐渐清晰，不知从何时起，本市开始热闹了起来。

我记不清有没有回答谷的问题，答案是什么我也忘了。总之，一直到达东街闹市区，我都没有再说话，而是一直在抽着烟，小谷切换了不下十个广播频道，最后在一首披头士乐队的

All You Need Is Love 中结束了今天的旅程。

我在一个路口下了车，现在距离我和乔安娜约会还有半个小时不到。

我去了附近一家银行，我身上现金所剩无几，我得多准备点，所以我一次性取了8000块钱，这样一来，我账户里就还剩下3000块钱不到，我预感到自己又要变成一个穷鬼，但是管他呢，总会有法子的。

我走路到餐厅。这是家混搭餐厅，什么都有，比萨、牛排、汉堡、意大利面、俄罗斯烧烤、肉夹馍……看着就让人垂涎。我选了一个中间座位，有时候你总要学会改变自己。

我看了下时间，还有5分钟。

今晚的夜色看上去很美，美得让许多深闺的人儿都出来散步来了。我看着窗外，喝着红茶，但是由于距离稍远，要看得清楚可不是个容易的事儿，这就导致了乔安娜在窗户外向我招手，我却看成了一只可爱调皮的动物趴在窗户上。

我在想，我要是靠窗户一点就不会让开局这样尴尬了。

“抱歉，”我说，“我以为是——”

“牧羊犬？”

乔安娜今天穿着白色风衣，这身和上次的打扮是黑白同款，不同的是，今天她的脖子上戴了一条水晶项链，不得不说，它恰到好处地衬托了她干净的脖子和V领的搭配。

“你今天很美。”我从来不吝啬赞美之词。

“我可不觉得你这是在夸我，”她笑着说，“其实我昨天也挺美的，不是么？”

喔，忘了说，这也是一家自助餐厅。除了酒水之外，其他任意。

我要了一盘意大利面，一份沙拉，还有一杯俄罗斯饮料。乔安娜要了一份芝士比萨，还有一杯果汁。

混搭自助餐厅的气氛不错，为了保持整洁安静，大家都轻声走动，小声说着话，不知不觉就创造出了亲密的氛围。这和中国不同，中国人喜欢闹腾，但也有人不爱闹腾，所以大多数餐厅都设置了包厢，不过在本市却很少有餐厅有独立的就餐地方。

安静的晚餐过后，原计划是要去看电影，不过她临时改变主意了，我们去了一家歌剧院，这里今天演出的是小仲马先生的成名作《茶花女》。

“她可真够可怜的。”演出结束，我们走在街道上，她说着。

“她真是个善良的女人。”我说。

我们一路讨论着玛格丽特（《茶花女》主人公）的悲惨遭遇，不知不觉已经走过两条街。

“我家就在前面，”她说，“我不知用什么言语来感谢你今天的安排——”

“当一个朋友的安排。”我接过话茬。

“朋友？”她说，“也许我们关系可以再近点。”

我目送她过了马路，然后才自己往回走。

这可真是忙碌的一天，我突然感觉到少许的疲惫，我掏出万宝路，还剩下两根，我打算先抽一支，还有一支在睡觉之前吸进肺中。

沿着街道，这会儿已经是半夜，我就这样孤独地走着，只盼着早点回到我的胡同里去。

我至少知道了那个叫做川岛的秃顶日本男人十之八九就是

我要找的田野山二，就凭他是个臭名昭著的怪物，用着假冒的姓氏去折磨那些可怜的姑娘。不过有这条线索，要找出他来就不会很难。

我路过一家小教堂，然后往功德箱里塞了200块钱。

其实我一直在想，路易斯到底要告诉我的是什么，我好像能猜到一点点，不过只是一点点，而且不敢确定。

我到家的时候整条胡同漆黑一片，只有不知从哪里钻出来的两只貂鼠在翻着垃圾箱。

我回到屋子，掏出笔记本，是时候把所有的东西理一理了。

我说过，在本市我从来不奢望会有晴天。第二天我醒来的时候，腹部一阵疼痛，我拾起桌上的药粒吞了，这玩意儿可真管用，大概2分钟后疼痛感觉就消失了。

我先套上外套，下楼去买了份报纸，还有一份简餐，回来我快速洗漱好，时间紧迫，我只有半个小时来翻阅报纸，昨晚我给谷留过言。

报纸上赫然一个大数字，大选倒计时29天。我跳翻到体育版面，喔，今晚1/2决赛，这可真值得让人期待！

我看了下时间，然后换了那件尼龙外套，在鞋底垫了鞋垫，穿上明显舒服多了。我到路口的时候，谷也刚好到，他一直是个守时的人。

“苏贝先生，早安！”

“早安，哥们儿！”

我先去了报社，自从那天在巴士酒吧和理查先生分别后，我可好久没向他汇报了。喔，就是这样，其实也没几天，可是当你欠着别人什么东西的时候，你就会想着随时要去偿还，谁愿意背着一份债务呢。

报社撤去了取暖器，路边也没有了泥泞，环境让人舒服多了。

我敲了门，然后进去。

“尊敬的苏贝先生，见到您可真让人高兴。”理查放下手中的钢笔，对我说。

“理查先生，”我说，“我有必要来告诉你一下最近的进展。”

“喔，我洗耳恭听。”

接着我向他汇报了照片上的推理，然后他直愣愣地看着我。

“听上去不错，”他思索片刻后说，“可是有没有更贴近实际一点的，我的意思是，你可以列出个凶手嫌疑名单。”

“这可很难办到，”我说，“我们没有证据。”

“听着，苏贝先生，我很肯定你的努力，但是你也不能让我的钱白花，”他盯着我看，好像眼神可以杀人，“你得花点功夫，把事情解决得快点。”

“我需要 2000 块。”我说。

“我会再打给你 20% 。”

我关上门告辞，他却愿意送我到门外。

“瞧，”理查说，“我给你安排的司机如何？”

他跟柬埔寨人打了招呼，“伙计，好好照顾我尊贵的客人。”

“我们接下来去哪儿？”谷说。

“去西街酒吧，”我说，“猫屋。比赛可要开始直播了。”

“哎呀！”谷说，“我都快忘啦！今天可是1/2决赛呀！”

很快我们到了猫屋，不过柬埔寨人不习惯集体看比赛，他宁愿一个人蹲在电视机前。

我告诉谷今天不用来接我，我知道晚上还有一场棒球直播，我可不能夺人所爱。

我进了猫屋，在吧台要了一杯纯姜汁，这玩意儿对胃肠有点帮助。

我在后排找了座位，比赛马上要开始了。有几个小商贩来店里兜售些坚果，我买了50块钱的。

“嗨，伙计！”罗伯特冲着我喊，想不到我俩又在这里遇见。

我对他招了招手，友善地和他打招呼。而他端着一杯鸡尾酒坐到了我边上。

“哥们儿，你怎么喝这玩意儿，你知道你这是对比赛不重视。”他指着我手中的姜汁说。

“这得看比赛是否精彩，”我说，“全场一个球都没进的话，我会很后悔花钱买一份白兰地的。”

“这可是个精明的算计。”罗伯特说，然后一口喝光了鸡尾酒。

比赛很快开始了。

荷兰队对战乌拉圭队。队员们开始从过道上场，球场内球迷欢呼，而在酒吧内也响起尖叫声，还有啤酒瓶相撞的声响。

而我就喜欢酒吧内这种看球的氛围。我们不用去为进球场而大费周章找一个黑心黄牛买票，我们可以把节省下来的钱去买彩票，而且还可以随时来上一杯自己爱喝的饮料。

“哥们儿，”罗伯特说，“上次有个胆大的家伙，我是说他很大胆，西班牙对阵巴拉圭那次比赛，一次买了200注西班牙赢，结果赚了好几千块呢!”

“他运气可真好!”我说。

“要我帮你带杯白兰地吗?”他离开座位准备去吧台续杯，问我说。

“暂时不用，谢谢了。”

两队队员赛前握手，然后裁判准备分球。似乎所有的人此刻都在盯着球场中间的那枚球，这是开赛时的第一次交锋，往往夺得球权的球队会大振士气，同时也会赢得球迷的欢呼。

“哥们儿，”罗伯特在吧台边喊我，“要给你续杯姜汁么?”

“来一杯吧。”

等我回过头的时候已经错过了开头好戏，只听到一半人惊呼，而另一半是沮丧的声音。

“你不去买彩票么?”罗伯特回到座位上说，“我买了20注，我赌荷兰队赢!”

“是该买彩票。”说着我喝掉姜汁，然后去彩票点买了200注乌拉圭赢。

“可怜的人们!”我买好彩票回座位时，罗伯特对着电视大吼：“太保守啦！进攻呀阿姆斯特丹人!”

相信球场边的球迷也急不可耐地发出嘘声。从第四分钟起，荷兰队先开启了进攻模式，第六分钟时乌拉圭反攻，竞争终于激烈起来。

我喝着续杯的姜汁，看了旁边的罗伯特一眼，他目不转睛地看着电视，仿佛要钻进那球场中央，“真是个混蛋裁判，看到没有，那球明显犯规了，他竟然熟视无睹!”

接下来，荷兰人与乌拉圭人各自组织了几次进攻，不过都被经验老到的守门员拍了出来。

“射门！踢啊伙计！”罗伯特把杯子重重搁在了台子上，“晦气！”

大概在40分钟的时候，荷兰人进球了！

“哦！玛利亚！”

前排的支持荷兰人的球迷欢呼雀跃起来，这可真叫人兴奋。

相反地，诸如我这样的乌拉圭支持者就显得安静多了，不过这并不代表乌拉圭人就没有希望了。

在前排还沉浸在兴奋中时，乌拉圭来了个突袭，在短暂的沉寂和一群错愕的表情中，乌拉圭人进球了！

“哦！Shit！”

紧接着又是另一阵狂欢。

半场结束，荷兰与乌拉圭打成了1∶1平。“这下悬了，”罗伯特说，“对了，你买彩票了吗？”

“你说得对！”他又继续说，“乌拉圭人气焰嚣张，荷兰人要招架不住啦！”

可是我又是什么意见都没发表。

半场休息时，大家七嘴八舌地讨论着，而彩票点也挤满了人，那些荷兰队的支持者却握着乌拉圭的票。

我去吧台又续了杯姜汁，然后又礼尚往来为罗伯特点了一杯威士忌。当然我又去彩票点买了点彩票，200注荷兰队赢，显然打成了平手后，荷兰队的支持率下降了至少20个百分点，而与之相对的赔率却增了不少。

罗伯特没有继续买彩票，他一气之下把那玩意儿泡在他的鸡尾酒里。

下半场很快开始了。

乌拉圭士气大振，荷兰队像蔫了，我真怀疑中场休息的时候，这群阿姆斯特丹来的人已经决定提前休战了，而现在只是应付差事儿。

不过好戏总在后头。乌拉圭人在疯狂进攻几次未果后，明显体力下降，移动速度缓慢下来。而荷兰人以逸待劳在下半场十分钟左右的时候突袭进攻，球进了！

“哦！晦气！”罗伯特说，“荷兰人疯了！”

很显然荷兰人进了最致命的一球，接下来他们又进了一球，乌拉圭人又回敬了一球，不过那个突袭的进球他们是救赎不回来了。最终荷兰以 3∶2 险胜乌拉圭而率先抢得一张总决赛入场券。

不过我没赢多少钱，刨去 400 注彩票钱，我只赚了 200 块，不过够支付今天的酒钱了。

“你天生是个赌徒的苗子，”他对我说，“你预判准确而且很大胆。”

我并不赞同他的肯定，可是他已经这样认为了。

今天他也赚了点钱，毕竟他一开始就赌的荷兰赢。我们用赢来的钱各自付了酒钱，又约在下周的时候一起看比赛，然后便告辞了。

走出猫屋不远处，我感到腹痛难忍，很快疼痛折磨得我走不动路啦！

我蹲在了地上，满头大汗，该死的，我忘了把那药带身上了。突然肚腩中一股恶心的东西往上蹿，我呕吐了一地。

我从地上站立起来，我可不能在路边丢人现眼。但是奇怪哩，我每走一步，就感到肚腩在蠢蠢欲动，像钻进了一条蟒蛇，在我的胃肠中游动，时而撞击，时而往上蹿。

“嗨呀!”

我循声望去，马路对面站着一位金色头发的姑娘，看样子她刚下班，我们可真是有缘分。

我糟糕的状况让乔安娜非常害怕，她要把我送去医院，不过我是坚决不去的，后来她就把我带到她家里，用生姜熬了一碗姜茶给我喝，然后又去药店买了一瓶药丸，治疗肠胃痛的，但是我不觉得这东西会对我有用。

不管怎样，疼痛总会过去。

乔安娜的住所很简单，不过非常干净整洁，而且空气中还有一股香水味。

“你患了什么病呢?”她收拾着床单，边问我说。

“只是喝了点酒害的!”

“那东西可真不应该多碰，会祸害人。”

她就正对着我，弯着腰，低着头忙碌着，而我直直地盯着她看，我总在她抬头跟我说话的时候，又迅速把头转向别的位置，但仍忍不住看她，我无法控制。

接着她铺床单。

“你好些了吗?”她问我，继续铺着床单，“用不用再来杯姜茶。”

“不用了，我现在好多了。”我说。

“好多了?”她突然直起身，走过来问我，“你是说你要走了?”

“现在已经很晚了。”

“所以你可以考虑留下来过夜。”

她搂住我的脖子，她开始吻我，而我也在第一时间回应了她，从这一秒开始，我想我恋爱了。

我们真的恋爱了。

“贝，”早上的时候，她说，“你喜欢我吗？”

我在她额头上亲吻，然后在她的耳边轻声告诉她，“是的，我爱你。”

中午她要去上班，而我也要回我的胡同，一夜未归，没准错过了要紧的电话。我们在门口分别，但是约定一起晚餐。

我抄小路跑回胡同，到家门口的时候后背一阵冒汗，不过却很舒服。我脱去外套，先烧了一壶水，跑得急有些口渴，然后查询电话记录，只有一个陌生的号码打进来。

我没有回电，兴许只是无聊的推销保险的。

水开了，我泡了杯茶，还剩最后一点点茶叶。接下来的几分钟里，我喝着茶然后想着乔安娜，她这会儿应该忙得满头大汗吧？哦，我居然开始想念一个人了，我以为我只会思念酒精，它不是这个世界上最美好的东西么？

而且这句话可是我的口头禅。

我换上一件衣服，是一件黑色风衣，这可是我最尊贵的服装了。不过我好像没有靴子和我尊贵的衣服搭配，我准备重新换上原来的衣服，可是我还是坚持穿了，我完全可以去买一双好点的靴子嘛！新西兰人的汇款应该昨天就到账了，而且我也需要打扮一下，毕竟我刚开始一段新的恋爱。

我在小卖铺买了一份三明治，然后边走边吃着，一直徒步到东街银行。我先查询了下存款，我得先确定他的款已经汇入，这样我才敢去花钱买一双好靴子。

新西兰人是个遵守诺言的人，我的账户又多了几千块钱。我沿着银行门口一直向前走，前面是本市的步行街，那里有各个档次的物品，一双高仿的名牌靴子才卖两百块。

我在一家靴子店买了一双黑色的靴子，店家介绍说是貂皮，最后我花了200块买下了，店家则夸我眼光好。我换了靴子，然后把原来塞着鞋垫的鞋子扔在了垃圾箱边上。

除此之外，我还在隔壁的饰品店买了一顶帽子，另外我还挑选了一条围巾，我想把它作为礼物送给乔安娜。不过店家不肯把围巾卖给我，她说有客人先预订了，而且已经有预付款，迫于无奈，我只好在原来的价钱上又加了300块，她才肯把围巾卖给我。真是个唯利是图的小商贩子！

下午，我准时在“布道人”等候几个老朋友，我前两天就提前约了他们，我知道他们都是大忙人，所以要先预约。

我让酒保开了两瓶龙舌兰，然后自己点了杯柠檬汁。这个点离酒吧聚会的时间很近，陆陆续续有几个壮汉进来了，不过我已经离开这样的聚会很久了，所以他们根本不会意识到有个“前辈”就在这里，何况我端着的是一杯柠檬汁。

又过了一会儿，他们一群人在角落里围着圈而坐，主持人开始发表今天的话题，接着一个接一个轮着发言，然后活动结束后有一些互动节目，大家可以自由结识一些酒鬼。

我喝完第一杯柠檬汁的时候，皮蓬才进门。“嗨！”他对我喊道，“我迟到没有？”

我看了看时间，他刚好准时到。“踩点——”

他直接拿起酒瓶喝了一大口龙舌兰，我想他肯定是着急赶来的，额头上冒着汗，以至于用酒解渴。

“喔！”他说，“这酒劲儿可真大哩！”

我又递给他一支烟。

“苏贝先生——”他用火机点了烟，抽了一口后对我说，

“我真可得称赞你，我从来没觉得你像今天这样帅气过，如果能把你乱七八糟的胡楂刮了的话，兴许会更迷人。”

这倒是个好建议，至少在和女人接吻的时候不会让人厌恶，你知道有70%的女人讨厌和留胡楂的男人接吻，这让她们感觉在亲吻一只刺猬！

“您谈恋爱了？”皮蓬拿了只杯子，把酒倒进了杯子里。

“或许吧——”我说。

“那可真不容易，”他说，“哥们儿，我曾一度以为你会孤独终老。”

“我和你一样认为。”

我们干了一杯，他喝掉后才看到我杯子装的是柠檬汁。我告诉他，在你来之前我已经独自喝掉了一瓶芝华士，现在是酒后甜点的时候了。

“说吧，怪人！有什么需要在下帮忙的？”

我从口袋里拿出一张写着三个字母的纸给他，“我想找这个牌子的香烟。”

“M－A－T－？”他读着字母，“这可不是本市的香烟。”

“是的，”我说，“这就是我找您的原因。”

我往他的裤兜里塞了200块钱，然后说，“如果可以的话，帮我搞点过来，我喜欢这个牌子的香烟，我会另付给你钱。”

“看来这玩意儿是个好抽的东西。”他说。

他把纸条收了起来，然后继续喝酒。

“听说你在办一个案子？”

“是的，”我答复他，然后又从兜里拿出一张4寸左右的照片，“我得找到这个家伙。”

“这混蛋是谁？”

“没人知道，”我说，“他的女朋友死了。”

皮蓬吃惊地看我，“他的妞死了他知道么？”

我摇摇头，我也不知道答案。

“可以跟我说说他的情况么？”他收好照片说，“我兴许能打听到点什么。”

“他的女朋友怀孕了，上个月在一家旅馆死了，”我说，“这家伙那天曾去过旅馆。”

“疯了！”他差点尖叫，“你是说他可能是凶手？”

我又摇摇头，我没有答案。

“见鬼，天下要不太平咯！”他把最后一点龙舌兰倒进了杯子里。

他咕噜一声喝光了它，然后问我能不能打开另一瓶，我说当然，然后叫酒保打开了另一瓶。

“怪人，”他低声在我耳边说道，“我上次说什么的，复兴党那些家伙准备对抗政府啦！”

大选是党派之间的竞争，待选政府总要弄点新鲜的东西，能吸引纳税人的眼球，赢得一些选票，而执政政府这时候则会非常保守，同时又要强化自己的统治，赢得民心。

“你是维克党人？”我问他。

“我才不是，”他说，“我是无党派人士，我只是爱好和平而已。”

我赞同点头，我们厌恶极了战争。

“你支持哪个党？”他又问我。

“哦，我可是个外来人，”我说，“我居住证还没办下来呢，选举票我没份儿。”

“你真幸运哪！”他惊呼道，“事不关己高高挂起。”

我再次赞同地点了点头。

“你最近看报纸么?”他问我，我说只有今天没看，“最近死了不少人哩!”

“可是报纸上并没有报道出来。”

“哦哦——”他说，“谁敢掺和进来，第二天就能让你死在家里浴缸里哩!”

既然如此，其实他没必要问我有没有读报纸，因为结果都一样，报纸不会报道这些事。

“你不觉得奇怪吗?”我给他倒了杯酒，不过他没有喝，而是在思考着什么。他问我，我摇头不知何意。

“唉！总之我也说不清楚，不过这种感觉怪怪的，你就没有感觉到么?”他看上去被他的思想搞得有点难受，欲言又止。

“我想我以后会有所感觉。”

皮蓬喝了半杯，留下半杯酒告辞离开了。

“放心吧，怪人——”他说，“我会给你带来好消息的。”

他走后，我继续坐着，我还约了一个人，他还没来，所以我有时间在一旁欣赏着他们的聚会。

他们已经进行到哪个环节了？哦，酒鬼发言阶段。

现在发言的是一个中年男子，看上去有些苍老，肌肉松弛，不过还可以看出来他曾经是个强壮的人。

“我原来是个骨瘦如柴的家伙，后来一哥们儿跟我说，酒可以让我变得强壮，后来我便成为了酒鬼猛男，三个月增加了20公斤，我曾一拳头打死过一头猪——”

说到这儿的时候，围观的人鼓起掌来，这确实是个令人骄傲的成绩。

“不过后来我做了一个愚蠢的决定，我居然想戒酒了，我戒了一年，一年内我滴酒不沾，可是我瘦了30公斤，而且肌肉垮掉了，我的头发也生了几根白发，我感觉整个人一下子老了十年！”

大家目瞪口呆地听他说着，这可是骇人听闻的事迹呀。

“嗨，大佬！”我等的人来了。

卢品赖今天的打扮很讲究，我和他认识有很多年了，这是我第二次看到他今天如此风度翩翩的着装。

所以，接下来的几秒钟内，我们各自打量着对方，真是叫人难以相信。

“哥们儿，我觉得你可以考虑下把胡子剃了。”他拿起吧台上的半杯酒咕噜吞了下去。

“我相信我会采纳你的意见。”我同样地给他点燃了一支烟。

“你不会是泡女人了吧？”

“我想我该谈恋爱了，我可不想真的孤独终老。”

我们干了一杯。在观看他们的聚会时，我让酒保给我续杯了。

“你喝的这是什么玩意儿？”卢市长看着我的酒杯，有点生气地说。

“在你迟到的半个小时内，我已经独自喝光了一瓶龙舌兰。”

“这可不是你的底线，你至少还能吞下10瓶。”他对着旁边的那群人说，“嗨！伙计们！你们知道本市的最资深酒鬼是谁么？”

酒鬼们一致摇头。

“瞧见没，”他又对我说，“你都要快被人遗忘啦！”

我真该为自己脱离群众而感到可耻。

“这身衣服你居然还没扔掉?!”上次我看他这么打扮还是参加市长选举大会的时候，当时他还是意气风发的年纪呢，一身西装穿在身上风度翩翩。

“哥们儿！我怎么说来着——”他停止住喝酒，“今年的市长名单上一定有我的名字，我得从现在开始就树立起亲民的形象。”

我佩服他的高瞻远瞩，然后和他干了一杯。

“还记得他么?”我把照片给了他一张。

“这家伙不是我给你的混蛋么!”他嗤之以鼻说，“我真佩服他，自己的女人被人干掉了居然会无动于衷，他可真够能沉住气的。”

“他是挺能沉住气的，”我说，“我得找到这个混蛋。”

按照惯例，我往他的口袋里塞了买几瓶上好酒的钱，不过他却坚决地拒绝了。

他喝掉剩下的酒，然后告辞。

而我又接着续了一杯柠檬汁，一直陪伴到旁边的酒鬼们聚会结束，我想知道他们的聚会最后会得出什么样的结论。在喝掉最后一口果汁的时候，主持人宣布聚会结束，“所以说——”他说，“酒是这个世界上最美好的东西。”

酒吧内响起持续性的掌声。

我从“布道人”出来的时候，天色已近傍晚。

自从来本市后，我就看不到浪漫的日出、温暖的日落，不是我不懂欣赏，而是这些东西在本市根本不会存在。来本市差不多2年后，我遇上了一个姑娘，哦，拜托，那时候我可没现在这么糟蹋，而且我每天还会准时剃须，我便约她去本市南巷湖边看日出，可结果呢，她没有同意我去干如此无聊的事儿！

更糟糕的是，我以为她不喜欢浪漫，而实际上她是本市土著，在这里非但日出不美，而且有些像末日来临时的残酷景象，所以此后我便放弃了给她制造浪漫和惊喜的想法，终于在一天晚上，我从“布道人”醉醺醺地回家，在街边看到对面的她正在接受一个白人男子的表白，然后两人在路灯下接吻了起来。

也正是由于日出与日落时景象的恐怖，本市的居民都是很早回家，很晚出门，要么就是等天黑了再出来，谁会愿意看着末日似的天空呢？

我没有回家，因为再过一个小时就是和乔安娜约会的时间。可我也不能像一只流浪狗一样独自在街上溜达，所以我钻进了一个教堂内。

为了显示我的尊重和为我的唐突道歉，我往善行箱里塞了100块钱。接下来的时间我只能孤独地欣赏着教堂了。这是一间小教堂，教堂里座位只有20来个，教堂的厅堂上面挂着一幅不知哪位大师的画，不过看风格应该是中世纪的杰作，从结构上看，更接近于哥特式。在教堂右侧，是牧师的讲台。

喔！我或许是个有些罪的人，否则最近我怎么老出现在这里。我穿过两排席位，靠近到讲台旁，上面放着一本翻开的《圣经》，是最后一章节《启示录》，还有一部《忏悔录》，喔，这本书我可太熟悉了，而且有句话我印象深刻，“如果我这辈子很失败，那一定是因为我太爱女人了”。

我没有翻开书页，也没碰它。

我看了看时间，差不多的时候我便出去了。我们约在了南巷一家韩国料理店门口见面，我走到那里的时候乔安娜已经在那儿了。

我们见面后亲密地拥抱了下，然后我把围巾送给了她。这可不是什么值钱的礼物，其实我更希望能买一条价钱不菲的项链，这样才能配得上她洁白无瑕的锁骨，只是囊中羞涩，所以只能如此，既然点缀不了她的美丽，那就遮掩独自占有吧。

“你眼光真不赖，”她系上围巾，至少多了点温暖，“我想买它很久哩！”

“但愿我是真的雪中送炭。”

我问她打算晚餐怎么安排，她说想吃四川火锅，这可真是个好主意。

我很久没有吃过中国餐了，而火锅的话，追溯上一次涮火锅还是在一年前，那时候我正和薄荷热恋。

火锅和本市阴冷的天气可真搭，只不过只有我这样的中国人会喜欢火锅，喔，别人可不一定喜爱这样的就餐形式。

“你在迁就我，”我说，“不过我敢肯定你会喜欢上它的。”

“你可理解错了，”她说，“我已经喜欢中式餐饮很久了。”

“喔？”

“而且我还颇有研究。”她说， “你可以回头尝下我的手艺。”

“我可幸福死了。”

我们去了一家中餐馆，之前我和谷在这里“煮酒论人生”来着。

一进门就是一股热气腾腾的火锅底料味儿，这可是独特的餐厅景象呢。我们点了蔬菜，还有几份肉制品，另外还要了两杯可乐。

我们整个晚餐用了两个小时，我很久没有吃撑过，结果还是留下了不少菜品，当然不止是我，乔安娜也是如此。

“亲爱的，”我们从餐馆出来，饭后散步，她对我说，“我们走回去吧。”

从这里到她家步行要 40 分钟，我可不确定她能坚持到最后，何况现在体重至少增加了一公斤。不过我们还是决定徒步回去。

月光打在树叶上，然后透过缝洒在路边，微风袭来，像一只只在路边捕食的小貂鼠。

“你多久没谈恋爱啦?”她问我。

“记不清，好像没多久，却又像过了很久。”

“可我感觉你每天都有恋爱在谈呢。”

其实也可以这么说，我心里想着。

“我一直和酒精有感情。”我说，“对我来说，她曾经迷恋我很长一段时间，甚至现在还偶尔想和她约会。”

大概走了 25 分钟，没有出乎意料，她走累了。然后我们便在路口一个路灯下休息来着。

“苏贝，给我一次爱的宣言吧。”

其实我一路上都在盘算着和她说点什么，只不过还没组织好措辞，何况在该死的路灯下，你知道我有多么讨厌这玩意儿。

“我喜欢你，”我说着，“真的。我也说不上来，总之它就这样来了，我每天会习惯性地思念你，我知道我已经完全被你吸引了。”

其实我原本创作的台词不是这样的，只是在刺眼又灰暗的路灯下，我才会变得如此语无伦次。她是个美丽善良的姑娘，应该配得上动人的爱的宣言。

“好啦，”她说，“我想我已经很满足了。”

灯光从上而下打在她的脸上，在雪白的脸颊上铺了层光辉，美丽又尊贵，我想不出用怎样的形容词来比喻此刻她在我心中的美，而那些能用语言描述出来的东西，只是它们还没有到极致。

第二天早晨，我们睡到很晚才醒来。

我很久没有如此踏实安稳地睡过一个整觉了，这种感觉真叫人思念和珍惜。在一个月之前，我每天早晨起床的唯一感觉就是头疼欲裂，我曾一度认为在不久之后的某天早晨，我的脑袋会被撕裂成一堆泡沫！

天哪！这太不可思议了！

“那是太阳吗?”乔安娜也同时发现了匪夷所思的一幕。光线从窗户外折射进来，稳稳地落在地板上，多么清澈的阳光，我们可以看清空气中的尘埃，而且还有些刺眼，也许因为我们已经习惯了黑暗。

“它是，”我说，“稀罕的宝贝。”

“亲爱的，我已经拥有了最珍贵的两样东西。”她说，“阳光和你。”

我亲吻了她的脸颊，我和你一样，我告诉她。能同时拥有爱情和阳光，至少在本市来说，是一件非常幸运和幸福的事儿。我突然想起了一个人，艾莉·巴涅，或者叫她艾莉·斯嘉丽·约翰逊。

她和巴涅先生结婚的时候，正好赶上本市的晴天，上天给了这对年轻夫妇最好最珍贵的祝福，人们都渴望他们会白头偕老，就连本市最年长的牧师也这么认为。事实上他们也非常恩爱，很少有年轻的夫妻会把感情经营得像他们一样有条有理，他们曾有机会成为本市的家庭楷模，不过年轻的他们拒绝了，因为他们的谦虚，而实际上，他们是完全配得上这样的殊荣的。

后来巴涅的祖国陷入了战争，年轻的巴涅坚决回国，他誓死要与自己的祖国共存亡。他离开本市的那天碰巧又是晴天，而且万里无云，据气象局统计，这是近半个世纪来最明媚的日子。大家都坚定不移地相信，巴涅将成为祖国的中坚力量，他能扭转局势，因为他有上帝独一无二的眷顾，他是被赋予使命的。直到战争结束前，人们还一直这样认为。

在这样珍贵的天气里，待在床上虚度可太可惜了。所以我和乔安娜很快从床上起来，我们已经迫不及待地要去外面沐浴阳光。

“贝，”她在橱柜里挑选着衣服，“我是不是该穿上裙子？”

“那再好不过了，”我说，“而且我敢肯定，你将是本市最漂亮的女人。”

我可没有甜言蜜语的意思，更不是口是心非，而是在我眼里她就是最美的女子。

她换了一件白色英格兰裙子，而我依旧是昨天的打扮。

人潮涌动在本市可是稀罕的景象，不过这在今天是预料之中的。整条街道车水马龙，不是本市的居民一定会以为隔壁的城市半夜地震，居民们一夜之间全都逃窜到本市来呢。

“今天可真热闹，一定是美好的一天。”乔安娜说。

“一定是。”我完全同意她的说法，“而且会很难忘。”

确实叫人难忘，在本市，你或许可以记不清上次下雪或者下冰雹是什么时候，因为这些天气真是太频繁啦，说不准半夜就来了，但是晴天的日子一年之中却是屈指可数。

“所以呢，”她扭头对我说，“今天你有什么安排？”

说实话，如果我事先知道今天是晴天，我会提前好几个礼拜去安排计划，而且我确实盼晴天很久了。

北巷后面有一条冰湖，称之为冰湖，是因为湖水的泉眼来自湖底千年的冰冻之山。这里的湖水温度平常情况下极寒，只有在晴天的时候才稍有回温。而我想做的，是来这里垂钓。

越过南巷，再直走十公里左右是一片野林，天晴的时候，那些禽兽会走出洞穴散步，而我想做的，是来这里打猎。

东街尽头有一座小山，不是很高海拔几百米而已，但是山顶却有一个温泉，天晴的时候，泉水还会串气泡，像一粒粒珍珠。而我想做的是，无疑就是来这儿休憩。

沿着威尔街直走，从西大道向南 5 公里，然后会看到一条小道，再顺着小道直走，这里只有在晴天的时候才能看见道，稍微的阴天都很难准确把握方向，差不多 5 公里左右的样子，那里有一座废弃的工厂，估计至少有 20 年了。十年前，我曾在这周围迷路，然后在这间废弃的工厂里夜宿过。这间工厂可不缺乏人气，经常有来本市的人在这里迷路，然后被迫在这里过夜。

是的，十年前最后的线索就是在这里断掉的，而我至今摸不清楚头绪。

“我只想挑选一家阳光明媚的餐馆等着你来共度午饭时间。”我回答她。

“听上去不错，不过也许你该听听我的——”她说，“我们可以去马场跑上两圈。”

毫无疑问，她的主意更配得上这样的好天气。

我们在十字路口分开，她去上班，而我回家。这是个美好的天气，我抬头望着阳光，光线不强烈，非常柔和，整片天空干干净净的，真希望这样的天气能多坚持几天。

乔安娜只是姑娘中的一个代表而已，满街的年轻姑娘几乎都穿上了漂亮的裙子，要知道在本市，一年365天，姑娘们守着漂亮的裙子却只有几天外出穿戴的机会。不得不说，这是一道不得不看的风景线。

在这样的靓丽风景下，我一会儿工夫便走到了我的胡同口。哦，可真够扫兴的，猜我碰到了谁？

“多么温暖的晴天——”科琛，我的房东先生在胡同口对我说，“苏贝先生，您都溜达一圈回来啦？”

我敢打赌他是在胡同口守着我回来的。如果按照正常租期计算，他出现在这里也不足为奇。

“可不是么，”我说，“大家都出门散步，谁会想糟蹋这样的好天气。”

“是的，我非常同意你的说法。”他说，“你知道么，胡同里住着一个寡妇，我已经宽限她租金一个礼拜了，不过看在今天天气的分儿上，我决定明天再来问她收租。”

“您可真是个好人，”我说，“让她最后一次享受这样的好天气吧。”

“我只是不想让她在阳光下流浪，您懂我的意思吧？”

“我想我明白。”

矮墩子在小卖铺要了一包烟，他可不会给老板付钱，然后叼着烟走出了胡同。

我进了屋子，没有烧水，先是查看了电话，说不准有什么好消息，不过还是只有一个陌生的号码。我回拨了过去，因为这个号码已经打给我两次了。

“您好，阁下找谁？”

“请问是苏贝先生吗?”对方是女子的声音。

“我是。”

“还记得我吗?”她说,“日本自助餐馆——”

哦,是热情招待过我的服务员。

“我把你的事儿跟我们老板说啦,”她说,“他很愿意和您结识呢。”

“这么说他此刻正在店里?”

“他刚出门啦,”她说, “毕竟今天是个千载难逢的好天气。”

我在电话里感谢了她,并为晚上预订了一个座位,今晚的餐馆一定会爆满,未雨绸缪总不会错。

我打开窗户,我得让阳光进来,好温暖屋子,住在这个胡同里别提有多么寒冷了。哦,他真是个无赖,他根本没离开,我看到他从胡同里大摇大摆地出来,嘴里依旧叼着一根烟,然后边走边勒着裤腰带。

我没有去买报纸,我现在已经懒得去读那些无聊的政治新闻了。

我突然想起了路易斯,他是个不错的人,只是他对我撒了谎。他说他星期一晚上住在威尔街 189 号是因为去参加家庭聚会喝多了来着,当然也有天气的原因,那天晚上确实下了大雪、冰雹,不过他在本市根本没有亲戚,他想参加家庭聚会,不过还是在计划中,不是么?

他后来打电话约我,他想通了一些事情,然后有些话要和我说。到底是什么事儿呢?我一直在思考这个问题,难道就是他承认他第一次对我撒了谎?如果是这样,他没必要这样纠结,而且他说谎的背后到底隐藏了什么，也就是说，星期一的晚上他到底去干吗了？

真是一波未平一波又起。

中午的时候我也没去买什么吃的，我根本不饿，也许是昨晚吃多了，或者是我想留着肚子在今晚饱餐一顿。我换了身衣服，稍微宽松点的，而且我翻出了一双高帮鞋，总之我准备好了一身行头去马场。

我在胡同口搭了个便车，然后在威尔街上他把我落下了，他没有收我钱，我给他点了支烟。西街是居民区，相比较市区东街，这里显然没有那样拥堵，不过路上的行人倒也不少，所以遇见熟人的概率自然就比较大——

“嗨，”我记得她说过她在西街一家托儿中心工作来着，真巧就碰上了，她正在接待孩子们散学，“好久不见。”

她变了。在我印象中，她一直在变，想想吧，我们当初在酒吧里相遇，而现在我们在一所学校门口撞见。

“不算太久，”我说，“但感觉很久。”

“你这是要去哪儿？”她送走最后一名孩子，看着我奇异的打扮，然后问我。

“去马场消磨午后时光。”我说。

“你会骑马？”

“不会。”我说，“但我可以去学。”

“那一定很凶险。”

我们互相告辞，不过我还是转身问了她：“嗨，你有什么计划么？我的意思是你会如何度过下午。”

她犹豫一下，然后回答我：“还没想好。不过应该不会浪费光阴。”

我顺着威尔街直走，大概 10 分钟的时间，我便到了 189 号，我没有进去，而是在旅馆外等乔安娜，而且也没有让我等太久，差不多一支烟的时间，她便换好干净的衣服出门来了。

我们就在威尔街上招了一辆出租车，从这里去马场差不多 10 公里路程，它在南巷的东部位置，马场都集中在一块。除了这些，另外还有几户庄园，总之那里的环境不错，我曾到这里看过赛马，有时候还可以参与赌马。

差不多半个小时后我们到达目的地，这里真是风光无限，空气也清新多了。

“亲爱的，”下车后，乔安娜已经按捺不住激动的心情，“咱们一会儿赛马吧？”

“我肯定输你，”我说，“我的驾驭术才只是幼儿园水准。”

“说不定你很有天赋呢，又或者你挑中了一匹温顺的马儿，”她说，“再好的驾驭术都抵不上一匹好马，不是么？”

这话听着倒是不错，可我仍不觉得自己是个伯乐。

我小时候玩过这玩意儿，我惧怕它的腿，其他都还好。上马之后只要注意力集中，拉紧缰绳就好，速度慢慢加快，缰绳就像是刹车，它快了得赶紧拉紧，否则的话，它可不会顾及你，而是会狠狠把你甩地上。

我们换好衣服，然后去马厩里挑了自己喜欢的马，她选的是一匹棕色的母马，而我则是随便选了一匹看上去瘦骨嶙峋的被阉割后的马。这不是什么新奇的事儿，一般来说，公马比较难驯服，桀骜不驯的就会被马主人阉割，这招也非常管用，被阉割后的马明显温顺多了。当然我不得不说，对于一个骑马新手来说，选这样的一匹瘦马，会让我更有安全感。

乔安娜对于骑马非常娴熟，她的童年可都是在马儿陪伴下度过的，所以当她坐在马背上的那一刻，她看起来宛如高贵的郡主去塞外赛马。

我们围着马场跑了有四五圈，事实证明我的预见是非常正确的，我的坐骑非常乖巧，没给我带来什么麻烦事儿，而乔安娜的胯下坐骑倒是耍过两回脾气，不过很快被她驯服了。

“真过瘾，酣畅淋漓的感觉——”她说。

我们把马儿送回马厩，然后付了钱和小费。

我非常赞同她的说法。不过对我来说，一般只有在酒后才会有这样的感觉，在我酩酊大醉、头疼欲裂的时候，我会忘掉无关的事儿，反而会让我变得非常兴奋，那样的感觉真过瘾。

“能告诉我你的一些爱好么？”她问我。

我有什么爱好？我心里想着。

“我以前是个酒鬼——”我如实告诉她。

“哦？以前？”

“大概一个月以前，”我说，“那时候我是一个不折不扣的酒鬼。”

“那是什么原因让您洗心革面的呢？”

“哦，要是把生命和酒精比起来，我会选择生命，你信么？”我说，“我不是怕死，我只是还不想死，所以我得戒掉这害人的酒精，然后让自己活得久点。”

“真不敢相信。不过你的选择是对的，这世界上还有什么比生命更美好呢？”

这句话听着怎么这么耳熟呢？

等我们回到市区的时候，已经是下午 6 点，天边居然荡起了晚霞。我在想，若是当初我选在晴天要求和那姑娘看日落，结局会不会不一样？

我没有忘掉今晚的预订。我带着女朋友准时出现在了日本餐厅，日本姑娘很热情地接待了我们，对了，她叫做藤原瑾。看情况，餐厅的老板还没回来，所以我们只好先享受美食。

这家自助餐厅是正宗的日本餐馆，但是除了地道的日本餐之外，还有不少亚洲菜系，比如泰国的海鲜汤、韩国的泡菜饼，当然还有不少的中国菜品，不过都只是餐前饭后的配菜而已，主菜还是日本菜。

“四川菜可真叫人垂涎三尺，”乔安娜突然和我谈起中国菜品，“就说我们上回吃的四川火锅吧，真够香辣的，吃起来真过瘾。”

“哦？”我说，“我还担心你吃不习惯呢。”

“我说什么来着？我对中国菜颇有研究呢。”她说着，“就说你们的火锅吧，其中有一种叫做鸳鸯锅——”

“是的。”

“你知道它的起源么？”她说着，而我只能木讷地听着，“听说是一个皇帝发明的，他把食物放在不同的格子煮，能煮出不同的味道，后来就演变成了现在的鸳鸯锅。”

几个月后，当我再去中国餐馆吃火锅前，我特地翻阅了有关“火锅历史”的资料，才明白她这段话的真实由来。她说的这位皇帝，正是三国时期的魏文帝，而她所形容的不同格子的器皿，当时被叫做“五熟釜”。

不管怎样，我此刻不仅佩服她对中国餐的精通，还欣赏她对中国历史的了解。

我们要了自己喜欢吃的东西，我挑的比较杂，基本各国菜品都有，而她就显得单调许多，只是吃了日本寿司和一份泰国汤。

我早就预感到今晚的客人会很多，所以提前预订了位置，以至于我们吃完的时候，还有客人在排着队。

“我们去看电影吧？”她提议道。

“现在肯定买不到票啦！”我果断地说。

没遇见日本人，我只好想法子先把乔安娜送回去，然后回头自己再过来。

“时间过得可真快，”她说，“我还记得我们早上刚出门那会儿呢。”

“我们可以效仿昨晚，吃饱了散步回家，这有助于消化。”

她非常赞同我的建议，然后我们顺着昨晚的路又走了回去。现在我们已经是一对情人了，我们沿着街道散步，手牵着手，或者搂着彼此的腰，然后脚步一致，“我们会永远这样陪伴下去的吧！”她对我说，我肯定地点了点头。

我们中途没有休息，因为街道上时刻有经过的路人，毕竟今天不比昨天，也正因为如此，我们20分钟左右便到了家。

“你今晚不留在这儿么？”她说。

“不了，”我说，“我得回去，有一个重要的电话。”

她虽然有些失望，但是没有表露出来，而是理解性地送我出门，看着我离开后才关上房门。

我又独自走了一阵子，但是很快浑身冒了汗，所以就在路边叫了一辆车。

我也不清楚我为何这么肯定我今晚一定能见到那个日本人，但是我总有种预感他今晚一定会出现，而且我隐隐约约能感觉到他和我要找的那个日本人有着点关联。

怎么说？他叫做田野山二，然后他在外面称呼自己叫做“川岛”，而他的身份证上写着他是广岛人。这并不能说明什么，但是这家伙的心理不正常。

川岛先生和这位日本餐厅老板倒是在某一方面很像，那就是他们都不经常出现。

一会儿工夫我便返回到餐厅。这时候已经没有客人在排队了，而且店里已经过了忙碌巅峰期，所以我能有机会再找藤原瑾聊一聊。

“你老板姓什么？”我问她。

“这个我也不知道，”她说，“我们一般都称呼他宫先生。”

“宫先生？”

“是的，”她说，“大家都这么称呼他。”

我们又聊了一会儿，但是她对自己老板的信息知道得少之又少。

我一直坐到店打烊，然后看着客人一批一批离开，时间真快哩，一个美好的晴天居然在漫长的等待中要宣告结束了。

“我看宫先生今晚不会来了。”藤原瑾换了身衣服出来，准备回家，“他是个没有时间规律的老板。”

“要遇上他可比猜中彩票号码都难，”我感同身受地说，“看来我得另找机会才能见到宫先生了。”

人的预感不一定都会成真，我也不例外，而且我经常是预感与结果背道而驰。比如我以前喝酒，我预感我十杯路易十三就醉倒的，可结果喝到第五杯的时候我就不省人事了，再后来我做同样的预感，但结果我喝了两倍的量居然还清醒着。

我只好打道回府，然后千载难逢的晴天就此宣告再见。

第二天醒来，浑身疲乏无力，兴许是这两天来走了不少路导致的。我昨晚回来没有查看电话，也没有烧水，走到家中的时候，就已经感觉两条腿僵硬了，直扑在床上睡过去了。

我查了查电话，看来昨天晴天大家都比较忙，没有人找过我。我推开窗户，天气重新被打回原样，一片灰色天空，然后天空里吹着阵阵冷风。

我去小卖铺买了份报纸和一个鸡蛋汉堡，就一会儿工夫在回屋的时候就感觉浑身冰冻，一夜之间从夏天又直接穿回了冬天。我烧了水，边啃着汉堡边看着报纸，封面上赫然醒目的倒数日期占了大半个版面，剩下来的基本都是两党的最近消息，比如复兴党发表竞选讲话，如果他们获选，他们准备大刀阔斧地改革，改善城市建设，增设养老院，保障公民生活。而维克党派则宣称要加强外交，扩大贸易出口份额，同时引进资源，增加人口就业率，让更多的人有工作。

不过这些都与我无关。第一，我可不是金字塔内的人；第二，没有雇主愿意给一个酒鬼提供一份有保障的 offer。

我套上黑色风衣，然后穿上新买的靴子，我得抓紧时间去干活儿，而在此之前我又得向新西兰人汇报工作去了。在我准备关上门的时候，突然有人给我电话，是谷打来的，他在家好几天了，问我有没有什么要帮忙。我明白他的意思，无所事事时间久了，自然就会感觉到孤独。我早上是想让他过来的，不过看着这鬼天气，我放弃了念头，我可不能让无辜的人来遭这份罪，所以我没有打搅我的司机，而是安排他在家里观看下午的棒球比赛。

我低着头向前走着，没看到胡同口突然蹦出来一人，哦，他娘的，这矮墩子吓死我了。

"苏贝先生，"他每回都这样尊重地称呼我，"早上好啊。"

"科先生，早！"

"要我怎么说呢，"他假装思索着，"那该死的寡妇还没交房租，我必须得早早地把她扫地出门，您说呢？"

"您这样做合情合理。"

"是的，如果每个人都像您一样准时交房租，您说这天下该有多么太平呢！"

我真腻烦了他话中有话，我从口袋里掏出1200块钱，"科琛先生，这是我下个月的房租，就不劳烦您再走一趟了。"

"喔，"他接过钱然后数了两遍，"我就说嘛，您怎么会和那群人一样懒惰无耻呢？"

我真不想在这儿跟他多逗留片刻。

我在路口招了辆出租车，去了报社。我想我他娘的日子过得可真够憋屈的，腹背受敌不说，还要卑躬屈膝看人脸色。

我直接敲门进去，新西兰人正在喝着咖啡。"我已经提前为你准备了咖啡，"他指着另外一杯热气腾腾的咖啡说，"我知道您今儿早上会来。"

这话听着可真叫人感觉羞辱，按照合同周期，我必须今天来向他汇报。

"说说吧，我能听到什么好消息？"

"路易斯死了，"我说，"他让我少了一条线索。我现在在寻找那个日本人，当然也包括她的男朋友。"

"我想听听实际的进展，"他说，"你知道没人会愿意看这些无聊的新闻。"

"目前只有这些，"我说，"不过我感觉快了。"

“听着，苏贝先生——”他倒掉咖啡，说着，“我留给你的时间不多了，你必须尽快给我查出全部的真相。”

我别无选择，只得点头认同。

中午我在警局门口等罗不拉，这家伙磨叽很长时间才出来见我，他说他在开会，不过我并不相信。

“不要告诉我你在故意躲避我。”我说。

“老朋友啊我本来是没必要的，”他说，“但是我知道你来者不善，尤其在距离大选还剩三个礼拜的时候。”

“听着，你们不能让一个无辜的人死得不明不白。”我说，“就算是宪法也要求对生命的尊重，我能这样认为么？你们违反宪法。”

“可那家伙就是在家看球的时候不小心用刀叉刺破自己喉咙死掉的啊，”他说，“法医也证实了这点，就是那副刀叉害了他的命！你说他要是用个塑料的该多好。”

“是的，你说得没错。”我说，“然后给你们报警了？”

“是的。这刚好说明了他是意外害死了自己，他报警想从我们这儿获得帮助。”他说，“可是我们到的时候他已经毙命啦！”

“我是说，”我说，“他有没有拨打急救电话，他应该先拨打急救电话的，不是么？”

“这很正常，”他说，“人们遇到事故的时候都养成了先报警的习惯。”

“确定是他自己报警的？”

“哥们儿，他可没有用视频电话，我们只能听到他的声音。”

“哦？”

“一个低沉的男子声音。”

“电话号码呢?”

“匿名号码。”罗不拉说，“你知道么，这家伙就是使用的匿名电话卡。”

罗不拉已经厌烦了我无休无止的问答。我给了他一支烟，然后便告辞了。

下午三点，我准时在“布道人”等人，已经过去好几天了，他们应该能提供点有用的东西给我，对此我深信不疑。

卢品赖今儿没有穿上回那西装，但是依旧是风度翩翩的打扮，总之，看着他的着装，想着他的职业，你会觉得这家伙是个特工!

按照惯例，我早早点好了一杯白兰地等他。

“哥们儿，”他说，“我最近变得越来越紧张。”

“我只看出来你昨晚没睡好觉。”

“您说对了，”他说，“失眠已经成为我的一种习惯。”

“您遇到什么烦心事儿了?”

“那倒没有，”他愁眉不展地说，“你知道么，大选近在眼前了，这让我感到很压抑，前所未有的压抑，我的意思是我曾经参加过选举，但是从来没有这样的感觉。”

“也许是心态问题，”我点燃烟，“您得让自己放轻松。”

“我不知道，”他说，“我现在甚至不想当本市市长了，您别惊讶，事实上前几天我就准备放弃了。”

“这可是你多年的梦想，”我说，“你追逐了十年了哩。”

“您说得对，”他仍然一副忧心忡忡的样子，“不是每个人都有勇气去干一件事坚持十年的，不是么？”

我继续听他说。

“也许是距离成功越近，人就会越感到慌张，”他喝了一大口白兰地，“可我真的能当上市长么？”

“也许呢——”我说，“这可说不准。”

他一口气把杯中的酒一饮而尽。

“不聊这些烦心事了，”他说，“我们换个话题。对了，你上回给我的那张照片上的那个人——”

我让酒保又为他添了杯白兰地，不过他拒绝了，他想换一种口味，他要了一杯鸡尾酒。

“我打听到了，”他从酒保手中接过酒杯说，“这家伙是个商人，每个月来本市一趟，你知道的，这种黑心商人经常穿梭在各大沿海地带干着骗人的勾当。”

“哦，他是做什么生意的呢？”

“听说是木材，”他吞了一口鸡尾酒说，“我猜啊他就是个人贩子，用来做棺材用的！”

我看着他喉咙凸起，一杯鸡尾酒就这么下肚了。我并不是担心他喝醉，也不是吝啬几瓶酒的钱，而是看着这家伙喝酒的样子会让你心里痒痒的，何况鸡尾酒是我的最爱。

我也没听清楚他接下来说的什么，我只感觉到喉咙干燥，真忍不住要来一杯啦！

“他叫什么名字？”我问他。

“你太天真啦！这家伙干的这一行不可能留真名的。”

“那总该有个称呼之类的，比如代号？”

“只有极少的人称呼他为 M 先生——”

“M 先生？”

“是的，”他说着，酒杯里已经空空如也，“我猜想这是他取的 material（材料）的首字母做的代号，这家伙可真够阴险的!”

“你的猜想真有理哩!”我说，“你刚才说他一个月来本市一次?”

他又向酒保要了一杯酒，这次换的是一杯嘉士丹克。

“是的，据说是，我只是打听到的，我可不能保证。”他看着酒保取酒，说着，“不过好消息是，这个月他还没来。”

他迫不及待地接过酒保手中的酒，我还是第一次见过他这么馋酒。

“你应该成为本年度最资深酒鬼候选人。”我说，“这可比成为市长容易多了，而且还安心。”

“嘿——”他擦了擦嘴边的酒水，“人生苦短，还是活着的时候多享受好，你说呢?”

我非常赞同他的观点，还有他所说的人生态度，所以在他离开后，我为自己点了一杯鸡尾酒，我特别钟爱混合物酒精饮品。

也许是昨天的晴天让大伙儿玩得特别疲惫，今天的“布道人”空空荡荡的，就连例行的酒鬼聚会也没有人来参加。

我一直孤独坐到傍晚，没有喝多少酒，一杯鸡尾酒，一杯百利甜酒而已。看来我的律师朋友今天是不会来了，我付过酒钱，然后独自离开。

我在路边等了好一会儿，然后打了辆车去威尔街 189 号。其实我厌恶来这里，但是我喜欢的人却也在这里，现实多讽刺。

跟上次一样，我在门外快抽完一支烟的时候，乔安娜换好衣服从里面出来，我们总是很准时。我们哪儿也没去，而是直接去了她家，她说她今晚要露一手，可不能一直光说不练。我也挺好奇她到底能做出什么样的中国菜。

她在厨房捣鼓着，而我也帮不上什么忙，在不想添乱的情况下，我选择在卧室内看电视。下一场半决赛是德国对阵西班牙，获胜的球队将进入决赛，与荷兰队争夺冠军，而输掉的球队，将与乌拉圭人争夺季军。

这不是积分制比赛，而是残酷的淘汰制，这样的赛制往往能激发运动员的血性，因为机会是唯一的，拱手相让就会是彻底告别。

当然现在只是比赛预告，正式的半决赛第二场将在本周六，也就是后天晚上 8 点直播，这是个不可多得的好时间段，酒吧内一定爆满。

我想抽支烟，不过很快打消了念头，我可不能糟蹋了带着香气的女人屋子。哦，我吸烟的次数变频繁了，自从我极少饮酒后，吸烟就成了代替品，这可真够讽刺的，抽烟、喝酒，哥们儿你总得精通一样。

抽烟伤肺，喝酒伤胃。我的五脏六腑应该早已不堪入目啦。我从来不奢望我能活多久，我甚至觉得我度过的每一天都是上帝在故意可怜我，而像我这种人，不能为世界创造一点贡献，实在是糟践了人间的空气。

这又让我想起了巴涅将军。

他是真正为国家和世界创造贡献的人。他加入了战争，先是在一个起义军里战斗，很快他成为了起义军的带头人，虽然他拥有的整个军队只有 20 人，但是这已经是一件很不容易的事儿，试想一下，又有多少人会心甘情愿把生命交给你？至少这个问题我来回答的话，答案是零。

巴涅将军对于战争有着天赋异禀的领导能力。在他的整个职业生涯中，他曾 18 次攻垒，17 次败下阵来；他参加过大大小小 100 多场战争，起义数十次，但都以失败告终，但是即便这样，我们依然要肯定他的军事才能和他超群的领导能力。

再后来，巴涅将军的起义军规模不断壮大，在两年不到的时间里，他的军队已经从 20 人增长到 2 万人，而且已经是一支具备超群军事才能的队伍。

巴涅将军的名字能够让敌人闻风丧胆，很快他代表国家把那些无耻而又贪婪的侵略者们赶出了边境线，为祖国作出了卓越的贡献。

乔安娜很快做好了晚餐，地地道道的中国菜，有狮子头，还有豆腐。

“你就像一个魔术厨师——”我称赞她说，“还是个心灵魔术师，我最爱这玩意儿啦!”

我看着盘中的狮子头激动地说着。我有十年没吃到这玩意儿了，就连本市的中餐馆都弄不了它，我曾塞给他们主厨 200 块小费，拜托他能帮我搞定，或者他去看一下菜谱之类，总之能做两个让我解馋。

事实上我知道，没有人能把这个做得比我的妻子好了。她是个全能厨师，事实上这也是她的半个职业，她唯一的爱好就是把空闲的时间全部用来塞满冰箱，冰箱就成了她的模拟救助站，她周末在家经常会跟着菜谱做点什么东西，冰箱堆满了各种各样的食物，刚好够我们下周的量。

我以为她很爱做菜，可是我错了。一个女人该空虚到怎样的地步才会把所有的时间用来填满冰箱？而这全是因为她的男人对她的忽视和冷漠。等我意识到真相的时候，已经追悔莫及，那个孬种竟然用掳走她的方式来对付我，他让我变成了世上最无耻的男人。

“这只是冰山一角，我还有很多拿手好戏。”她欢笑着说。

口味真不赖，不是中国饭馆常见的油腻光滑，而是好像外面一层被刮过，看上去非常干净。

“我们来谈点有趣的话题吧？”她说道。

“哦？悉听尊便。”

“我想听听你以前的风流韵事，”她说，“你知道人不可能一直谈恋爱，我们需要一个家，只是时间早晚的问题。”

“说其中一段——”她紧跟着又补充道。

女人总喜欢对男人的过往感兴趣，这好像是她们的兴趣所在，可往往等自己知道真相了，又闷闷不乐。但是她们可以通过这样的方式来判断他对待感情是什么样的态度。

“我遇到过一个姑娘，”我满足她的好奇心，“那时候我刚在警局找到份差事，有一回她报警，刚好我值班，我们就这样认识了。”

“听上去可真有缘分。”她说。

“我们也这么觉得，”我继续说着，“所以半年后我们就决定结婚。”

“一定是一个浪漫难忘的婚礼。”

“婚礼很简陋，你知道这是我见过最简陋最吝啬的婚礼，没有礼堂，没有钻戒，甚至没有证婚人。”我说。

“有朋友就好了，他们能许你们最真诚的祝福。”

“也许吧——”我回答她，然后笑着应付自己的答案。

“她叫什么名字？”

“马苏——”

“听吧，你们的名字都很般配呢。”

“大家都这么说。”

“所以你们是天造地设的一对。”

“我后来发现啦，”我说，“从那时候开始我就失去她了。”

吃完晚餐，她提议出去走走，我们便在公园里溜达了一圈，可我一直心不在焉，总在思考一个问题，不是关于案子，而是一些人生感悟。

被留下的那个人永远是被抛弃的人，而被人抛弃后不只有痛苦，而是痛苦过后的无限期的孤独，那种孤独感来自于世界的孤立，而幸福也随之遥遥无期。

我终于想明白我的孤独感从何而来。

早晨睁开眼，外面一片苍白，大雪在夜深人静的时候侵占了整座十字城。前天还是阳光明媚，隔了一天，今儿就大雪纷飞啦。我穿上衣服推开门看了看，地上的积雪足足能淹没鞋帮子，而且还持续飘着豌豆大小的雪花，看样子这种天气是出不去了。

乔安娜自然也不用去旅馆帮忙，这么恶劣的天气，没人愿意往旅店里跑，于是我们两人要在家里待上一整天。

没有有趣的综艺节目，连个体育赛事也没有，电视台和老天爷像是昨晚商量好来着，把大家封闭在家中，然后孤独死。这才是本世纪最大的谋杀案哪。

快乐的时间一晃而过，而枯燥的日子却度日如年。

上午我看了一早上的新闻，哦，距离本市大选还剩 18 天。接着我看了一些体育专栏，一堆资深的足球解说员在分析明晚的比赛情况。他们一半支持德国队，还有一半支持西班牙队，然后展开激烈的争论。

当然球迷们不关注这些，他们会把多数的精力放在明晚的赌注上，要知道，奖池里的财富已经超过上一轮的两倍啦！球迷们太疯狂了，不是么？不是。

下午，乔安娜提议去院子里堆雪。而脑中却瞬间蹦出来一个画面，我们在雪花中激吻！哦，我之前好像这么说过来着，这是个浪漫的主意。

我套上靴子，而她也换了双高帮的雪地靴，然后穿了白色羽绒外套，看上去她是准备大干一场了。

刚出门离开家门没多久，我们就后悔啦。我们带着美好的想法出来，却被糟糕的天气毁灭了。没一会儿我们的靴子已经湿透，身上已经贴了一层雪，而脸颊已经被冻得通红。

但我始料未及的是，院子里居然不止我们两个来堆雪，看上去有十多个人，有孩子，有父母，也有年轻的情侣，哦！十字城是要疯狂了么！

这太罕见了！懒惰的本市居民居然愿意在大雪天气出门玩这无聊的雪花？

“嗨，乔安娜——”她的一位邻居对着我们打招呼，让我们加入他们，“幸会，幸会。”

“你们怎么都出来啦？”乔安娜惊讶地问。

“大家都不想待在家里守着电视机呀，”邻居回答，“何况都是那些无聊的政治对话。”

这点她说得很对。

我和乔安娜很爽快地加入他们，我们计划堆一个圣诞老人，为此他们还准备了圣诞帽、手杖等道具，这些玩意儿能让它栩栩如生起来。

不管怎样，我们一起度过了一个愉快的下午。

雪并没有要小点的意思，继续跟着节奏飘着，不过经过劳动，我和乔安娜都反觉得有些暖和。

“看吧，”她说，“勤劳不仅致富，还能创造温暖。”

多么真实的感悟呀！

我们返回家中，我告诉她我想回去，已经离开我那胡同串子两天了，真不知道它现在有没有被大雪摧毁，我竟然有点想念我的破屋。乔安娜同意了，只不过担心我冒着大雪回去，我说，中国人讲究“趁热打铁”，我得趁着身体还冒着汗的时候回去，不然真会冻死人哩。

傍晚，雪花依然飞舞着。不过我感到很轻松，我有了亲密爱人，我银行账户里又饱满了些，明天晚上我还能看到半决赛直播，一切都比较顺遂。

从乔安娜住处走到我的胡同整整耗时一个多小时，等我打开屋子门的时候，我面红耳赤，但后背却冒着汗，真不知是冷是热。

我第一件事就是查看了电话，先是一条皮蓬的留言，让我给他回电，然后有一个匿名电话，没有留言，最后一个电话是薄荷打来的，不过没有留言。

我脱下外套好让后背凉快凉快，接着烧水，跑这么远的路难免口渴。然后翻冰箱里找吃的，可怜得只有一些干面包、奶酪之类的，都不知是何时去超市买的剩下的，不过我不想再冒着雪出去买吃的，所以只能将就捣鼓些吃的当做自己的晚餐。

我先给皮蓬回电，占线，我又打了两次，还在占线，一定是这鬼天气的原因。我想给薄荷回电，但是放弃了。

天色已晚。

外面开始变得朦胧，寒风也随之肆虐起来，有点像恶魔来临时的预兆。我喝了两杯白开水，然后在躺床上之前，我跟乔安娜通了电话，道了晚安。

在雪花飘落的夜晚，有人会爱上安静的雪夜，而在有的人眼里，它就是恶魔的把戏而已。我以前很喜欢下雪，因为在我中国的家乡只有到冬天来临才会偶尔下一两场大雪，所以每回下雪就一定要逼着自己出去走走。后来到了本市后，雪天成了最司空见惯的天气，渐渐就厌恶起来，找不到过去飘雪时候的惊喜。

听着雪花在寒风中坠落的呼呼声，我自然入睡。睡梦中我还梦到了白天和乔安娜堆雪的情景，只是在欢快的时候，天空突然停止了下雪，我因此被惊醒。

第二天，雪并未就此停住，依然飘着，只不过没有昨天的片儿大。

从早晨起我就惦记着今晚的比赛，德国队对阵西班牙队，在我看来这场比赛是毫无悬念的。而且自始至终我都相信，一个永不服输的民族不会有软弱的足球，一个以战斗姿态出征的球队终将获得冠军。德国就是这样的国家，在球场上，他们是世界足坛的豪门，在球场外，德国人用他们坚韧的民族性格战胜了冷战的庞大栅栏，推倒了柏林墙，终结了半世纪的分裂。

这又让我想起了巴涅将军。

巴涅将军的军队在不断扩大，别人都称呼他巴涅司令，他每到一处，都会引起少女的追捧，而那时候他刚拒绝了国家最高领导人颁发的终生荣誉奖章。

作为一名军人，他前后起义十多次，战争百余回，但都以失败告终，不过最后敌人还是被他带领的军队击退，这是他干得最漂亮的两件事之一，另外一件事就是，他放弃了荣誉勋章。

巴涅司令铸就了祖国的和平，他理应接受国家最高的礼遇。国家最高领导人没有继续强迫他接受荣誉，他们知道巴涅司令对此不屑一顾，所以他们换了一种方式。他们为巴涅司令修建了一座家园，然后把巴涅司令的所有女人和孩子全都接过来陪伴司令，大概有十多个孩子，热闹极了，他们希望巴涅司令就在此安度晚年。

可是，他是结过婚的，他的妻子艾莉·巴涅在十字城等他回来，为此她每天早晨去报社门口守着，有几回报道都说巴涅司令死啦，可是她接下来两个礼拜依旧每天在那儿守着，结果两个礼拜后，人们又发现，喔，巴涅司令又活过来了。

本市的居民都说他们是上天眷顾的一对，直到现在，每回晴天，大家还会偶尔谈论一番。大家都认为巴涅司令的死是被人谋害的，否则他一定会在战争结束后立刻回到艾莉身边。尽管他有很多女人，但是都不是他的爱人，他唯一爱的人是艾莉。

我从窗户口窥探楼下小卖铺，我不确定今天小店是否愿意开门，我真渴望小卖铺门开着，那样我就不必跑很远去找吃的。结果我还真的如愿，小卖铺开着半边门，另一半挡着雪花，我套上衣服，赶忙出门，要知道这条胡同里住着的可都是些懒鬼，尤其是在这样的天气里，他们会把小卖铺廉价的食物抢光，去晚了连渣子都不剩。

我买了两份三明治，还有一盒鸡蛋，另外还买了一包茶叶，昨晚我喝白开水来着，家里的茶叶早喝光了，不管怎样，这足够我一天的伙食了。

中午的时候我又给皮蓬拨去电话，但还是一样的忙音，我我环顾四周无人，跟他在电话里说了发生的事儿，我不想再有人因为我而莫名其妙地死去。

“苏贝先生，”卢市长声音尖锐起来，“听着。在本市您是我一直钦佩的人，您要是因为自己怕死想要放弃而来说服我的话，我会看不起您，真的，您只会让他俩的性命白搭，同时让自己蒙羞，如果我是您，我会回到中国去，您说呢？”

“也许下一个就是您。”我说。

“不！”他说，“下一个是凶手，您应该这样想。”

我已经搭了两条无辜的性命，我不想再继续下去，我没有理由去为了一个事不关己的真相去让别人送命，不是么？

我趴在“布道人”酒吧吧台上，一口气喝掉两瓶芝华士，然后带着满身酒气加入了那帮酒鬼的聚会。其实我不用太谦虚，这些家伙在我眼里都只是一群幼稚生而已，我说——

“各位冒牌酒鬼，我是本市最资深酒鬼，我叫苏贝，一个穷光蛋——”

这帮幼稚生足足愣了有十秒才爆发出掌声。

“你们觉得这世界上最痛苦的事情是什么？”我开始了酒鬼演讲，“是人生吗？不是！答案是一杯鸡尾酒，你看着它分着层，但是等你喝到最后一口，你才发现这玩意儿是苦的！它从一开始就在欺骗你喝，喝到第一层，然后第二层，你觉得越来越快活，到头来才发现自己把自己推进了万劫不复的痛苦中！”

“你们又觉得这世界最美妙的东西是什么？”我继续演讲，也没有要求这帮幼稚生鼓掌，“是人生么？！这可真好笑。如果人生很美妙，你们坐在这儿干什么？你们为何不去享受人生，而来这里糟践酒精？”

这群家伙以为我疯了，趁我去厕所的间隙，他们快速做了本次聚会的总结词，然后散会了，连声招呼也不跟我打。

我又喝掉一瓶芝华士，然后才离开“布道人”。

我走在雪地上，身体有些燥热，也许是体内酒精在向外扩散，吞噬着我的每个细胞，可是呢，这群酒精分子惧怕外面寒冷的空气，所以全躲在我的毛孔中，四处游荡，我真想脱掉衣服让这些玩意儿滚出来。

即便如此，我依然没忘掉今晚的比赛。

我在路边电话亭给乔安娜打了电话，告诉她我今晚去看比赛，改天请她去看电影。有那么一瞬间，当我挂断电话的时候，我想给薄荷去电，我想知道她现在在干吗，如果是以前，我会喊她出来一起看球赛。乔安娜不喜欢体育，她觉得太血腥，她宁愿在家里研究菜谱。

不过我有老朋友陪伴——罗伯特，这家伙每逢比赛都会来这里看球，这次也不例外。

“我打赌你会来，没有人舍得错过今晚的比赛。”我们在猫屋门口相遇，他对我说。

我们在老位置坐了下来，然后他闻到我身上浓烈的酒味。

“你喝了酒过来?”他对我身上的酒精味道很不满，“你准备在这儿干瞪眼看着那群欧洲人——”

“我可以来点啤酒——”我说，我不想扫了这位老兄的兴致。

罗伯特点了一瓶朗姆酒，而我给自己要了一瓶百利啤酒。这会儿离比赛还有一个小时，不过猫屋里面已经座无虚席，还有一拨人挤在彩票点购买彩票。

酒和彩票是看球赛必须有的准备。

何期待。

“哥们儿，”罗伯特对我说，“你相信我，德国人进不了球的，西班牙人会向盯着死囚犯人一样守着他们，他们根本没机会!”

“看着吧，”罗伯特继续说，“西班牙人会进一球，而且他们也最多只有机会踢进一个球，能进一球已经很幸运了。”

我没有听从他的建议在中场的时候再去购买彩票，虽然我知道罗伯特手中的彩票极有可能在比赛结束后能换回至少2000块钱，但是我不想贪这个钱。

下半场比赛开始没多久，西班牙人率先突破德国人而进得一球。这太令人振奋了，我看到电视上的现场观众一起脱掉了自己的外套！猫屋里也是沸腾一片，罗伯特不停地亲吻彩票，同时呼唤酒保再来两瓶人头马，而其他的西班牙球迷都为德国球迷朋友们免费点上了一杯鸡尾酒。

这一球终结掉比赛。德国人到最后比赛结束也没有再找到机会踢进一球，西班牙人真正把他们盯得死死的。

赛后，罗伯特换回来2000块钱，他要请我喝酒，我拒绝了，我小腹已经疼痛难忍，我需要回家躺着，然后吃上几粒我的救命药丸。

我们跟上次一样在猫屋外面告辞，然后约定下一场比赛还过来看。

荷兰人和西班牙人走到最后，他们将在十天后参加总决赛，而在这段时间内，德国人与乌拉圭人将角逐出季军，但是没有人关注谁是第三名，大家早就把目光锁定在十天后的总决赛上。

外面的雪已经停止，一切恢复宁静与自然。

我的额头被小腹的疼痛折磨得开始冒汗，紧接着感觉到胃肠在不停地收缩与膨胀，我知道我喝下去的那些玩意儿现在准备报复我了，我趴在教堂门口的一个垃圾桶上，然后静悄悄地等待着时间——

两分钟后，我终于呕吐出来。

已经将近一个月过去了，威尔街 189 号的案子还没有透彻的进展，而我复印的照片也快发得差不多啦，上面留了我的电话，真希望能有人给我电话，告诉我他认识死去的女孩儿。可是一直以来都没人主动找过我，所以这女孩儿不是本地人，而且不是本市的常客。她男朋友是个做木材生意的，一个月才来本市一回，而且上回他去旅馆找过她。

有一种可能。上回她跟着她做生意的男朋友来到本市，然后她先找地方住下了，后来他过来找她？可是她没有理由去挑个简陋房间，她有个有钱的男朋友，但也许他俩吵架了呢？如果是这样，一切似乎就顺畅许多。

她和她男朋友吵架了，她负气出走，什么也没带，只有一点零钱，所以她没有身份证，身上的钱也只够住最狭小的房间，而后来她的男朋友过来这里找过她，但是他没有进去，也许还在气头上，只是确定她安全而已。

这样的推理似乎很准确，而且我正是这样汇报给理查先生的。

“苏贝先生，我不需要这些索然无味的推理过程，您知道么？”他喝着咖啡说，“我只要知道她叫什么，她是怎么死的？您明白我的意思么？”

其实我心里一团糟糕，我还有两个朋友的死要去搞清楚真相，我得为他们的死承担责任，要不然呢？若不是我，他们不会离奇毙命。

“您的时间不多了，”他继续说，“给您最后一个礼拜，这是最后的期限。”

我从报社出来后，直奔了巴士酒吧，以前我需要清静的时候，我总爱来这里，我说过我最爱巴士酒吧。但是我很少来，因为我很少需要安静的时候，我宁愿待在“布道人”跟着一群酒鬼吹嘘，或者在猫屋陪着一帮球迷买彩票，又或者是一个人在家喝闷酒。

每次去巴士酒吧，我都会想起巴涅司令。

当战争结束后，国家最高领导人授予他终身荣誉军衔，但是坚强的巴涅司令并没有接受，政客们都惊讶啦，他违背了作为一个军人的格言，“荣誉比生命更重要”，可是只有陪伴在巴涅司令身边的一个老将军朋友明白巴涅司令的心思，他不屑于生命，更不屑于荣誉，仅此而已。

这位老将军朋友比巴涅司令年长20来岁，叫做亚当·博格特，他从起义那会儿就跟随着巴涅司令，他是个老兵，经历过无数次战役，后来他成了巴涅司令的参谋长，一直到战争结束。老亚当对巴涅司令特别忠诚，他就像一个慈父一样教导巴涅司令作战，后来有报道说，巴涅将军死后的第二天，老亚当也躺在床上安静地去世了。

巴涅司令和老亚当是不合格的军人。他们不尊重荣誉，只尊重信仰。问题是，信仰有时候就是错的，而荣誉不会错。即便如此，也没有人否定巴涅司令的功劳。

当巴涅司令把敌人赶出边境之外时，全国人民是多么高兴啦。群众给他们佩戴鲜花，姑娘们拥吻他们，国家领导人为他们接风洗尘。有一天，巴涅司令突然说：“我累了，不想继续战争。”

老亚当没有说话，毕竟他已经老了。后来，他们在首都解散了军队。那天下了好大的雨，士兵们站在雨中等待着巴涅司令最后一次宣布命令，不管是什么命令，他们都会义无反顾地执行。可是直到雨停，巴涅司令也没说一句话，后来老亚当在底下就坐不住了，他爬上最高处，那时候他已经头发花白了，站在高空中，摇摇欲坠的样子，然后对着天空下的士兵们说：

“国家解放啦！你们也解放吧——”

士兵们好像没听清楚，他们站在下面没有一个人愿意离开。老亚当只好一遍遍重复着这句话，后来天黑了，直到第二天凌晨，首都的军队出现时，他们才扔掉装卸，离开首都广场。

想心事的时候，时间总会过去得很快，我已经到了巴士酒吧门口。

斯嘉丽为我打开巴士小门，现在还没到营业的时间，巴士内空空荡荡的，只有她一人。她正在收拾着昨晚的狼藉，从我的角度看上去，她非常憔悴，“你可老了。”我说。

她说，其实女人的时间都是先快后慢的，等再过些年，人老珠黄的时候就不用再担心老去咯。

巴涅司令离开她后，她一直在本市等着他归来，天哪，那时候他们可刚结婚呢，蜜月还没来得及度过，后来巴涅司令死后，人们劝她改嫁，可是谁又能抵得过巴涅司令在她心里的位置呢？

她比巴涅司令小 8 岁，她在 20 来岁的时候嫁给了巴涅司令。后来巴涅司令参加战争，直到战争结束，15 年内，她没亲眼见过巴涅司令一回，只是偶尔能在报纸上看到自己的丈夫，盼着战争终于结束啦，可是巴涅司令却死了。

我们偶尔也聊聊这个话题。

十年前我来本市的时候，就听说了她与巴涅司令的故事，也是因为这个原因，那段时间里我经常往这间酒吧跑，总之不是为了喝酒，只是在觥筹交错间，我看到了自己和她一样的地方，又或许我们等待的结局又相仿。

“战争结束后他给我写过一封信。”我们又聊起这个话题，她说着。

“他说什么了？”

“他说他想回来，”关上巴士的小门，巴士内灰暗中透着光亮，因为夜明灯的原因，她开了几盏灯，然后继续说，“你知道么，我那时候都激动死啦！那段时间我每天化好妆，穿着年轻时候的衣服，每天盼着他回来——”

“我能理解你。”我说。

“可是没多久，他又给我寄了一封信，他说他暂时回不来啦，让我再等等。”

这是承诺，还是谎言，还是一个永远无法实现的美梦？

那天我和斯嘉丽聊了很多，我们之间总有很多情感上共同的话题。我们偶尔也会谈论起我的妻子，我从口袋里拿出一张几乎褪掉色的照片，依稀可以看得清十年前她的模样。

“她叫马苏——”斯嘉丽说，“你说过一遍她的名字我就记得。”

是的，多么简单易记的名字。她的名，我的姓。

她为我俩烧了一壶咖啡，这是她手工磨的。以前我曾问她，我说你每天都会做些什么打发时间。因为我们聊过，在本市我们都是孤独的人。

她的回答让我感觉到了马苏每天填满冰箱的枯燥，这似乎是所有执着女人的通病。

斯嘉丽都等了15年，我还有5年时间去找寻真相，不管结局是怎样，这是我坚持下来的宿命，所以当十天之后，当我要死的时候，我听到脑门上的手枪扣动扳机的声音，我居然会不由自主地滴下眼泪。

“不会每个人都是我如此悲惨的命运，”她说，“其实我还感觉上帝是公平的，至少他完成了他的梦想。”

“上帝是公正的，命运是公平的，不正不公的是自己的心。”我们第一回见面时，她曾这样对我说过，我至今记得。

我们整整又聊了两个小时，喝完了一壶咖啡，时光是安静的，不知不觉中已经逼近黄昏。

踩着黄昏的日光，我离开巴士酒吧后就去了日本餐厅，在过去的几天里，我每天都这时候来一趟，按照概率论来计算的话，我今晚碰到宫先生的概率很大。

藤原瑾依旧非常热情地招呼我，她说用不了几天她就要回日本结婚啦。我提前真诚地祝福她，我在想，如果今晚再碰不到宫先生，我明儿过来的时候会考虑在东街一家饰品店，买个什么小礼物之类的送给她。

早晨在去理查先生办公室时，我和乔安娜通了电话，我们都很想念对方，所以在店打烊之后，我会立刻去她的住处。

没多久，两杯茶的时间，我等的人终于出现。他穿得很休闲，干干净净的，看上去有些富态，也许这是全世界餐馆的老板的一致造型。他浓眉，有些胡楂，但是不多，而且头发浓密，当然我只是强调宫先生不是我要找寻的川岛先生。

我们各自作了介绍，不过他不冷不热的，也许这是他一贯的作风。

“我听藤原小姐提起过您，”他说，“您一直在找我？”

“是的，”我说，“我有点事情找您帮忙。”

“哦？”他说，然后浓密的眉毛往额头上一挤，“我能为阁下做点什么？”

“我在找一个人，他叫做田野山二，是一个日本人，”我说，“我碰碰运气，或许您认识他呢？”

“他是我弟弟——”他说，“你找他有何贵干？”

接着我把威尔街189号发生的案子跟他说了一遍，希望他能安排我和田野山二先生碰个面，聊一下当晚的事情，或多或少会对我破案有些帮助。

起初我并不敢确定田野山二，也就是自称为川岛先生的日本人会和这家日本餐厅有直接的关系，我只是碰碰运气，但是等我第二次来这里吃饭的时候，那次是晴天，我和乔安娜来这里共度晚餐，我才敢确定田野山二和这家日本餐厅有着关联。

这是很多人的习惯。比如我的妻子，她是江苏苏州人，所以起名为苏。我得感谢乔安娜，她是个对食谱见多识广的人，她来这家餐厅吃饭，然后告诉我，这里的中国菜全是四川菜系，还夸张地说川菜是中国最有名、最有味道的菜系。

当然如果只是这样我还不敢肯定。我从藤原瑾那儿打听宫先生的资料，遗憾的是她知道老板叫做宫先生，然后来自日本广岛。所以就在当晚，她的话让我勉强联想到田野山二先生，因为他使用的别名“川岛”是汉语拼音的英文组合，可能是“四川”和“广岛”的意思。

这也就是我坚持不懈地每天守候在这家日本餐厅的原因，好在宫先生愿意和我交谈，让我得到更准确的真相，毕竟我只是停留在表面上的推理。

宫先生原名田野宫，是田野家族的长子，而田野山二是田野家族的次子，不过弟弟是不被家族认可的，因为他是老田野先生与中国一个四川女人的私生子。

老田野先生后来移情别恋喜欢上四川女人，但遭家族长辈反对，不被认可，最后双方协商，在不破坏婚姻的前提下，同意收留怀孕的四川女人，但是她和她腹中孩子将无权享受田野家族的财产。

不过好景不长，老田野先生只和四川女人一起共度了 3 年时光，他在一次出差中遭遇车祸，英年早逝。老田野先生走后，田野山二母子没了保护伞，在田野家过着苟且偷生、低三下四的生活，四川女人早就想随着老田野先生去啦，可是为了他们可怜的孩子，她只能忍气吞声地活着，然后终于有一天累死在楼梯上。

我似乎能够理解川岛先生的处境，他心理不太正常，这和他幼年的经历有关。虽然我无法体会川岛先生从小所受的罪，不过按照心理学家所说的道理，追根溯源都是恶魔的过去在作祟。

田野山二先生被整个家族唾弃，唯独他同父异母的哥哥愿意和他友好相处，并且一直照顾他。

“他沉默寡言，”宫先生说道，“我曾试图让他在餐馆帮忙，不过他害怕服务陌生人。”

“也许你应该先考虑带他看一下心理医生。”

“是的，我后来就这样做了。”他继续说，“医生说他的行为是社交障碍症——还是社交恐惧症的，我记不得了，反正就是这种离谱的病。”

“他宁愿孤独地守在自己的世界中。”

“他是那种让人看一眼就知道他是个孤独的家伙的人，您能明白我的意思么？”

“当然。”我肯定回答，“但是时间久了，他说不定会愿意去打破自己的孤独感。”

“我希望如此，不过我相信这不太现实。”他说，“我请教过好多医生啦，试过很多方法，结果还是一样。”

我在想要不要告诉宫先生实话，宫先生一定会吃惊不小——

“不可能！”我如实告诉了宫先生我的来意，他的反应我早有预料，“您一定认错人了！”

“恕我冒昧——”我说，“山二先生是否有些秃顶？”

宫先生点头默认。

“还有您的弟弟——田野山二先生上个月 5 号住在西街一家私人旅馆中过夜，您知道么？”我问道。

“这我不敢确定，”他说，“他是自由的，没有人每分每秒去盯着他。”

我们总得给死去女孩的父母一个交代，她可怜的父母此刻一定在满世界地寻找自己的女儿，所以我一定要找到山二先生，也许他能提供点什么，能让我尽快有个总结。

我这样跟宫先生说。

我到达乔安娜住处的时候还不算太晚，她正在看着晚间新闻。

“我以为你今晚会失约呢！”她抱住我说道。

“才不会哩，我跟这新闻一样准时。”我嬉笑着回答她。

她关掉了电视机，整个屋子瞬间黑了下来，我只能识别出她的脸部的轮廓，还有她金色的头发在微弱的光线下依然清晰，而仅凭这些，就足够让我迷恋她了。

有一回在路灯下，乔安娜给我机会向她表达，我当时语塞了。对此我一直耿耿于怀，我在等待机会，等所有的事情都结束的时候，我一定会履行自己的诺言，给她一次爱的宣言。

第二天她给我做了营养早餐，有牛奶、鸡蛋，还有一份培根三明治，我已经很多年没在早餐桌上吃过正儿八经的早餐啦，我顶多是自己去小卖铺买现成的简易三明治。

我和乔安娜的心情都不坏，上午互相告辞时，我们约定晚上去看电影。其实看电影的想法我早就挂在嘴边啦，而上回我们临时改变了主意，去剧院看了小仲马先生的话剧。

我回到自己的胡同，在小卖铺买了份今天的报纸，然后回到家中。

我今天没有安排自己特别的事儿，上午看报，下午好好看看路易斯·陆的笔记本。前天我收到小陆先生寄给我的包裹，他在电话里提过这事儿，包裹里是一本笔记本，封面上写着“路易斯·陆先生笔记”字样。

不过今天的报纸与众不同——

一直票数领先复兴党的维克党，支持率突然下滑，很多支持维克党的民众突然转向支持复兴党，很显然，复兴党大打“改革”牌，誓言执政后的首要任务是缩小贫富差距的选举口号，远远胜过了维克党要坚持搞外交、走国际路子的观点。

当然，这些与我无关。与我有关的是，早报刊登了威尔街189号命案的最新进展，而且直言不讳地指出死者是被谋杀的！并且整篇报道占用了两个版面，把这起已经发生一个多月的案天，但是作为房客，我没有绝对的权利拒绝房东先生要求进自家的门，所以我高兴地回应了他的请求。

“当然，蓬荜生辉。”我说。

在科先生上楼梯的时候，我就已经在心中揣测：他对我开口的第一句话会是什么？我推理出的答案有，胡同里的某某又不交租啦，谁娶她可真是倒霉，又或是——

“苏贝先生，您租我的房子十年啦，咱俩可算老朋友哩！”

前两种情况无非是他的抱怨，我早已经听习惯，差点害出老茧，而如果是后面一种情况，他会先跟您套近乎，然后心里揣着自己的小主意，比如上回他用第三种方式和我搭讪的时候，我刚好也在窗户边抽烟，后来我们就在楼梯上聊天——

“苏贝先生，您和我是老交情了，”他说，“您是我这条胡同最信得过的朋友，我可不把您当做一般的房客对待。”

我多谢他的抬举，不胜感激。

“我准备把胡同的房租调高，只是一点点上浮而已，”他继续说，“不过您是我这儿最资深的房客，所以您的房租保持原价。”

听上去他对我不错，这让我感到惊讶。

“不过您得帮我一个小忙，”他嬉笑着说，“您知道，虽然只是每个月多交几十块钱，但是还是有很多人不愿意，而这时候就需要出现一个‘愿意的人’，您是有文化的人，明白我的言外之意吧？”

我当然明白，我给科先生当托儿，支持他涨租金，而与此同时我会成为胡同里唯一不用多交钱的房客。

结局就是开头那样。我不想当他的托儿，然后他找到别人，所以后来我每月的租金涨了200块。

我打开房门，招呼他进屋内。

“哟！您还有泡茶的爱好——”他看着桌上我沏着的茶，带着夸张的表情说道，“真希望我家那娘们儿也会这个。”

我猜中了第二种方式。

我烧了壶水，然后给科先生倒了杯热茶。我实在想不出我和他会产生什么共同的话题，除了听他抱怨，我别无选择。

他仔细看了一遍我家徒四壁的屋子，然后长叹了一口气。“苏贝先生，您应该开始新的生活，”他端着茶，对我说着，“世界很美好，值得我们去付出，那个自杀的作家是这么说的吧？”

他引用海明威的名言说着。有时候就是很讽刺嘛，海明威先生告诉我们世界很美好，而自己却用惨烈的方式结束了一个伟大作家的生命。

“不用您操心哩，我现在的生活不坏。”我回答他。

“生活是要走出去的，可不是每天守在孤独的屋子里哩！”

科琛先生今天可真让我讶异，他仿佛是昨晚研究哲学来着，今个儿找观众来讨论。我跟他打交道近十年，总共为他贡献了不下百次房租，这还是头一回我觉得他是个有哲学思想的人，至少是有思想的房东。

“哦，这茶可真不错，你打哪儿弄到的这茶叶？”

“一个小铺子而已，”我说，“算是物超所值。”

“真正的好茶叶还是来自你们中国，我爱喝普洱，您知道这款茶叶么？”

我当然知道。

“对，听说在无量山种植的呢，我前两年去缅甸差点就能过去啦！”

的球门前，这一秒，能让所有正在看球的人屏住呼吸——

“他妈的!”

球进了！酒保振奋地喊道，“我就知道德国人总有办法!”

而我也几乎激动得说不出话来。

“这会是一场让历史铭记的比赛，德国人证明了自己的伟大。”酒保又说，他忘了这不是总决赛，只是铜牌赛，历史不会记得第二名以后的人，它只会记得第一名的人。

薄荷告辞后，我在猫屋又独自喝了一杯姜汁，然后时间差不多的时候，我借用酒吧电话给乔安娜去电，我们约了看电影，但愿她现在已经把工作交代好。

“亲爱的，抱歉让你久等了，”她说，“刚才又来了几个醉汉，他们把地板吐得到处都是，恶心极啦!”

“我恨醉鬼。”我说。

“不过我已经搞定了。”她说，“我会准时赴约，跟你一样。”

我从猫屋出来，这里离威尔街不远，我走过去，然后在那里等乔安娜。大概只过去10分钟时间，一辆破旧的桑塔纳停在了我跟前。

乔安娜在车里跟我招手，显然这是她临时雇来的便车。

在电话里我跟她说过我来这边看球赛，然后顺路在这里等她。

从这里到影院开车用了一刻钟的时间，然而乔安娜在这过程中却睡着了。她是工作太累了，旅馆的事儿全靠她一个人干。

我没有舍得催醒她，然后招呼司机师傅从电影院返回她的住处，如此一来，今晚的电影计划又再次泡汤。

“我又让你扫兴了。”我们在小区门口下了车，她对我说。

我摇头反对，“如果你坐在影院里睡觉，那才是真正让我扫兴呢！”

我把她送回房间，然后自己准备告辞，我告诉她，我必须要回去，否则我会错过一些重要的电话。她理解我现在的处境，而且我们也不差一晚的温存。

回到破屋，心情一片凌乱，尽管我不是受死者父母的嘱托去调查，而且我们把利益建立在一个死去的怀孕妈妈身上，我感到羞耻，但是我会尽力找到真相，而且我会找出她的身份，通知她的父母，这是我唯一抵触自己肮脏灵魂的办法。

明天上午，M 先生会来码头，我必须得跟他谈谈，他是关键人物，而且只有他能告诉我们死者身份，她叫什么，来自哪里。

我没有睡意，从床单下抽出路易斯的笔记本，又重新阅读了一遍。他是个办事认真、条理清晰的人，每条备忘录他都保持着相同谨慎的态度，比如那第一天和第三天相同的备忘录内容，他并没有完全复制过来，因为商品清单中的次序并不一致，我推理他一定是边思考边写备忘录，尽管类似的思考前天已经发生。

我勉强闭上眼睛入睡，但脑子里却不停翻滚着他们的死亡，而且我凌晨 3 点左右的时候，还被噩梦惊醒，我就再没能睡得着。我梦到卢品赖惨死在街头。

早上 7 点左右，我才趴在桌子上睡了一会儿。若不是9：30的时候，胡同里一群人吵闹把我唤醒，我兴许会困到中午，同时错过了 10 点钟的要紧事儿。

我用5分钟的时间准备出门，然后在路口打了一辆的士，直奔码头 。今天的天气不错，至少天空明亮，微风和煦。不过到达码头后，天气就不是这样温柔了，海风吹在脸上生疼，不禁让人淌下眼泪。

我看了看手表，还有5分钟到10点，我想去码头里面看看，不过被码头边的保安赶了出来，所以我只能在码头大门外等候。

10点整，我听到号角声音，这是渡船靠岸发出的信号。我拿着M先生的照片，我得对准每张从里面出来的人的面孔。大概过去15分钟的时候，一位故意压低帽子的男士从里面出来，虽然我看不到面孔，但是他颈上的印记暴露了他的身份。

“先生留步!”我上前拦住，他被迫抬起头，而这次我看得清清楚楚，他就是我要找的M先生。

“阁下有何贵干?”他说。

我简单说明了来意，希望能占用他十分钟时间，我看到他眼里充斥着血丝，沉默几秒后，他答应了我的请求。

我们找到一个安静的地方——码头外面一甲板上。

他拿着我给他的死者女孩儿照片看着，我没有打岔，我等他先开口。我也没一直盯着他脸上的表情看，而是听着海的声音，看着海的奔腾。

我和马苏相爱的时候，我曾许诺她，以后考虑买一幢海景房，我们搬到海边居住。那时候是我们结婚的第二年，我们没有孩子，却意外得到一笔巨额保险。那是她妈妈十年前就给她买的一份不孕不育保险，当母亲的总是有远见卓识。

而那时我和马苏已经打消了怀孕的想法，我们并不介意没有孩子。我们完全可以领养一个孩子，如果只是为了老有所依的话，而且我们认为，领养的孩子可能比自己的孩子更明白感恩。

后来这笔钱就剩下了，所以有了买海景房的念头。

“你找我做什么?”他突然开口说话，“她的死与我无关。”

“可我们应该知道她的名字、家乡，找到她的家人，不让她成为孤魂野鬼。”我说。

“她叫骆桃儿，我只知道她来自马来西亚一个岛上，”他回答道，“那地方的岛屿很多，我记不清了。”

我们聊了有半个小时，比预期10分钟多出三倍时间。有时候他问我答，有时候我问他答，有时候他独自倾诉我听。

M先生是个海上生意人，大半年前他去马来西亚做生意，返程的时候在船上发现了一位陌生女人。她就是骆桃儿，在轮船靠岸的时候她偷溜上船，她想离开这个地方，具体原因骆桃儿也没有告诉他，总之她要借助M先生逃离家乡。

后来她就喜欢上M先生啦，她跟随他去世界上的各个地方，轮船的人也都喜欢这位来自岛屿之国的姑娘。

“我并不知道她的死，”他说，“那晚我们吵得很凶，她离开了我，我第二天就要离开这里，所以断了联系。”

“你们为何吵架?”我问他。

他犹豫片刻后回答：“一点小事而已。”

“她死在威尔街189号的一家小旅馆，”我说，“有人说你去找过她。”

“我可以带走这张照片么?”他没有回答我的问题，而是把我给他的照片塞进了钱包。

“希望有缘再见。”他和我告辞，而我只好回答他，“琼斯先生，保重!”

他转过身，惊讶地看着我，“你怎么知道我的名字？”

我从码头返回家中，打算下午去威尔街189号，哪里发生的就该在哪里结束。我在胡同口下了车，然后在小卖铺买了两包烟，而报纸已经被卖光。

我刚打开房门就听到电话在响——

“您好，阁下找谁？”我总习惯这样说。

“您看过今天的报纸了么？”是理查先生的电话，“我们的读者在注视着我们，你要给他们一个交代。我相信你这两天没有白忙活，我需要听到有价值的进展。”

“我找到他了——”我说。

“谁？”

“琼斯——她的男朋友，”我说，“她的名字叫骆桃儿，来自马来西亚。”

“仅此而已？”

“目前就是这样。”

“您还有5天时间，我不想在您耳边反复提醒。”

“我也这样觉得。”

挂断电话后，我思考着接下来将发生的事情。5天后，我会一无所有，然后变成一个穷光蛋去参加薄荷的婚礼，这还不是最糟的，一个礼拜后是大选的日子，说不定我会随时被赶出本市，因为我是个“黑户”，新政府会清除我这样的人。

我连续抽着烟，思考着问题，有关于我悲惨命运的，也有其他，总之我焦头烂额，无法专心去思考。有很多很多事儿，有的时候你知道越多并非是件好事，那会让简易的事情突然变得复杂起来，威尔街189号的案子就是这样。可我思考的并不止这一条，路易斯到底准备和我说些什么？这一点我一直想不到答案。还有就是皮蓬的死，他是无辜的！

整整两个小时内，我抽掉一包烟，屋里乌烟瘴气，透不过气来。

我换了身衣服，我得再去威尔街189号看看，找老曾谈谈。

路易斯的笔记本上，原本定于上个月5号去超市买生活用品的，而且他前晚还罗列了清单，但是第二天他并没有去，然后在第三天的时候又重新列了一份清单。一个怕遗忘的人是不会忘掉每天早晨查看备忘录的习惯的，他第二天没有去执行前晚的任务，并不是他忘了，而是他去了一个地方——威尔街189号。

他一定是第二天突然改变主意的，否则他就不会在第一天晚上给自己安排今天的任务。而且他说谎了，他没有去参加家庭聚会，他去干吗了无人知晓，只是到很晚的时候才住进了旅馆里。

我不得不说，他开错了房门，然后看到里面的女子在通着电话，他听到了“琼斯”的名字，而根据旅馆登记，那晚住在2楼201号房间的正是骆桃儿，也就是1楼死者的真实姓名。

我说过，当你知道越多，事情往往就变得越复杂。

我揣好烟，大概在下午3点左右的时候到了威尔街189号，我没有事先和乔安娜打招呼，所以她看到我的时候很惊喜——

“你怎么来啦？”她看着我说。

她的金色头发被盘在一顶帽子中，而帽子下只留下一副白净的脸蛋。

“我来找老曾谈谈，然后顺便看看亲爱的你。”

我亲吻她的额头，然后说道。

“不过我的老板现在不在哩——”她说，“他这几天可忙咯。”

“等他回来你帮我跟他约个时间，尽快，最好就在明天上午，”我说，“我会准时过来。”

“你今晚准备在哪儿过夜?”她答应我的吩咐，然后说，“怎么最近大家看起来都好忙哩?”

我没有办法答应她的请求，虽然我很想和她厮守在一块，但是我不想一个礼拜后，变成一个被遣送回国的穷光蛋，那样我不仅失去了她，还会失去生命的意义。所以在一切事情结束之前，我得每天晚上守着我的电话，而且我需要一个安静的空间去思考。

“真希望这一切赶紧过去!”她最后说道。

其实乔安娜的抱怨很现实。就像她照顾的旅馆，最近总是很忙，有很多外来人口来到本市，像是一批批旅游团似的，没完没了。而另一方面，不知从何时起，本市的居民也变得忙碌起来，就连我那破胡同串里的穷人每天都会争抢早晨的报纸。而我的警察朋友——罗不拉先生，以前我会经常遇到，但是最近一段日子他总有忙不完的事情；我的旧情人——薄荷，她要结婚了，她最近在忙着操办自己的婚礼；而失踪的卢市长，不知道躲哪儿忙些什么。

十字城变得喧闹、忙碌，那些好几年未被使用的红绿灯最近又重新启动了，每周六教堂内总会挤满人，你去银行取钱，现在还要排队等待，就连超市的香烟现在都限量提供。

我给宫先生打过电话，我请求他安排我和田野山二先生见个面，虽然我知道这个日本人对破案真相的用途不大，但是至少可以让整个事件看上去更完整一些。我说过，抓捕凶手那是警察干的事儿，而我只想尽可能全面还原事情本来的真相，包括她在什么时间说过什么话、干过什么事儿，这听上去不现实，但是我们仍然可以借助推理及想象把遗漏的时间及事件给补上去，而不只是要一个结果。虽伊人已逝，但我们仍要给家庭一个完整的交代，这是对生命的尊重。

宫先生答应我的请求，有点善良和同情心的人都不会随意蔑视生命。他约好时间、地点，后天下午 2 点半，我们三人在东街一家咖啡馆碰面。

大概在下午 5 点左右，我返回我的胡同口。这时候天色渐暗，看上去今晚又会是一场暴风骤雨。我一边诅咒着天气，一边向我的破屋走去。

"苏贝！"

有人在喊我。

我循声找去，竟然是她——晴，不对，应该叫做简·格兰。

"你怎么会在这里？"我讶异地问她。

"我来找你的呀，"她说着，然后在我的唇上轻轻一吻，"我有你的真名，找起来不费事。"

这话不坏。

"我要在这里演出啦，"她继续说，"我提前回来通知你一声。"

"我一定会抽空去欣赏的。"我说。

"而且我离开这里之后，我发现我唯一留恋的东西却是你——"

"所以我想回这里演出，其实我不想再回这个鬼地方，但是因为你我决定来。"

我真后悔今晚没有赶她离开，真的，我希望她好好地去追寻她的梦想，她会有光明的前程，没必要为了我而折腾自己的青春，甚至生命。

可是我带她进了家门。

我忘了套在我身上的死神枷锁，谁靠近我，谁就会没命。

最后，我允许她每晚来看我一次，同时我安排她住在东街一处招待所里面。她同意了。

倒数第四天。

上午十点我准时出现在威尔街189号，而乔安娜已经提前帮我约好了老曾。所以我们直接在二楼的小食堂内进行了对话。

“死者叫做骆桃儿，”我边说着，边思考，因为逻辑性比较强，“她死在一楼，但是她却登记住在二楼。”

“您的意思是住二楼的就是死者，她们是同一个人！”老曾讶异地看着我，“这太不可思议了，不可能的啊！”

“一人分饰两角的把戏。”我说。

“但是——她这样做的目的何在？”

“尚不清楚。”

我喝掉最后一口咖啡，然后说：“二楼的旅客死在一楼，您应该是第一个知道真相的。我的意思是当你推开门看到死者的时候，您应该知道她就是二楼住着的女人。”

乔安娜在楼梯口碰到死者，她以为死者去用餐，但是如果真正想自杀的人会有情趣用餐么？死者不是去二楼用餐，而是去二楼的自己房间，她被乔安娜撞见，可是乔安娜并不知道她正是二楼的骆桃儿，她先入为主地认为她就是一楼的女客人，而且第二天她就死在了一楼自己的房间，这样一来，所有人都会认为她就是一楼的客人。

老曾惊恐地望着我，手指在不停颤抖。

“你从一开始就没打算把这只有你唯一知道的真相公布于众，”我继续说，“你说呢？”

“不！苏贝——”他说，“你在诬陷我，你在指认我是凶手么？”

我默不作声。

“这只是你的推理，”他说，“欲加之罪，何患无辞。”

他说得对，这些都是我的推理，我没有人证、物证，无法在法庭上举证他的罪行。而且，任何罪犯都该有犯罪动机，我实在想不出一个旅馆老板会愿意在自家旅馆中犯下命案的理由。

“我会找出真相，一定会。”我说。

我敢肯定的是，骆桃儿一人分饰两角，她先用自己的身份证登记了二楼房间，然后乔装打扮成第二个旅客住进了一楼简陋的房间。她很熟悉这家旅店，不止一次来过，所以她知道那间简陋的房间无须登记，而且很有可能之前就住过那里。

还有另外重要的一点，她的死亡地点。如果是割脉致死，那凶案现场一定在一楼，但她也有可能死在二楼，然后被移尸到一楼，但最后还是在一楼被割脉。

移尸作案太冒险啦。当天旅馆里还住着其他两位客人，而且都在二楼，凶手移尸的话动作会很大，至少路易斯没听到晚间有什么不安静的声音。

实际上，骆桃儿设套在先，但是被凶手识破，意外导致殒命。至少我是这样猜测的。

她不是无缘无故来威尔街 189 号，她是想好计谋，带着目的性来的，而究竟她是出于什么样的目的，我不得而知。但是她是和琼斯先生吵过架才来这边的，而且她在旅馆里还和她男朋友通过电话，这之间有无联系？还有路易斯要告诉我的话究竟是什么？

看来我必须要找琼斯再谈一谈，他才是自始至终的关键人物。

我走到旅馆客厅，乔安娜看到忧心忡忡的我，而老曾站在楼梯上看着我们，不过很快识趣地走开。

“亲爱的，发生什么了？”她问我道。

我本来不打算告诉她，但是她迟早会知道。我不想她在恐惧中工作，我甚至想到让她立刻辞职。事实上我们刚开始谈恋爱那会儿我就告诫她辞职，但是她不愿意，她不想丢掉工作，何况她觉得老板是个不错的人。

这就是我后来不想进旅馆内的原因，我早就不愿她继续在里面打杂，可我又没有能力给她安排其他的活儿干。

“没什么，”我说，“我晚上来接你下班，我们去看电影。”

我的话立刻让她的情绪转阴为晴。

“不见不散。”她说。

接下来的每一天我都要向新西兰人汇报当日的进展。下午我便去报社履行了这一职责，我还计划从报社出来后顺便去参加“布道人”的聚会。

我把自己的推理告诉了理查，除了一些细节。

“什么？”理查讶异道，“琼斯那家伙居然对自己女友的死置若罔闻？”

“还有，我一直觉得那老板是有问题的，说不准是这两个家伙合伙把她谋杀的！”他又说道。

不过他随口说出的这句话倒是让我心里一惊。

“我相信明天会有很多的读者对此谈论不休的！”

我没有说什么，我只是他的一个雇工。

“对了，”他又说，“谷跟我抱怨你已经很久没安排他活儿干了。”

“快了！”我说。

我想还会最后一次劳烦他，但现在时机还没到。

本来我的计划是要去“布道人”跟一帮酒鬼聊天来着，可是我在半路碰到了简·格兰，她住的招待所就在这儿附近，我们在超市门口遇见，她提着很多吃的东西。

“我太无聊啦！”她说。

“你应该控制饮食，”我说，“你得对你的身材负责，它关乎着你的职业。”

“可我真的太无聊啦！”

然后我答应和她一起吃晚餐，或者说，我需要和她好好谈谈。

我得告诉她实情，我有女朋友了。

不过一个礼拜之后，我的想法却刚好反过来。

“你觉得我干扰你的私生活了么？”简说，“我并没有试图去破坏别人的家庭，不是么？”

我的本意只是让她把全部的精力和心思都放在她的工作上，那是她的梦想，这比一切都重要。

“可是爱——也是我梦想的一部分。”她说。

我无言以对。

差不多晚上 8 点钟的时候，我在路边电话亭给乔安娜打电话，想知道她什么时候下班。

“你来接我吧，快哩！”听她的声音就能感觉到她兴奋的情绪。

我在路边拦了一辆的士。喔，最近路上的出租车可不少。

“是的，先生——”司机跟我搭话，“可能是要大选的缘故吧，来了很多凑热闹的人。”

“很少有这么热闹哩。”

“可不是嘛！今年的大选就像是一场足球比赛，”他说，“对了，您看球么？就前两天的德国对阵乌拉圭那场。”

幸运的是，我没错过。

“今年的大选像极了那场比赛，”他继续说着，“一开始大家都以为悬念不大，可结果人家开始反扑，你低估了对方的实力才导致自己现在岌岌可危的地步。”

我明白，他在说维克党低估了复兴党的实力。

在威尔街189号前面一点我让他停车等我两分钟，他顺便可以调头。

乔安娜已经换好衣服在等我，她跟她的老板告辞，他祝我们玩得愉快，看上去他并未受到早上事件的影响。

我们上了车，直奔影院，无论如何，今晚的电影我们错不掉了。

“夫人您真漂亮！”司机从后视镜看着我们，然后称赞说。

“谢谢您！”她礼貌地答复道。

很快我们到了影院，我付给司机钱，然后又多给了他20块钱的小费。不是每位司机都会攀谈，懂得称赞艺术的。

“天哪！”乔安娜惊讶道。

真够倒霉的！今天看电影的群众排了有半条街的队伍。

“即便是排到我们了，说不定票也售罄啦！”乔安娜有些焦虑和失望地说。

“我们可以考虑找黄牛买两张票?”

“你可不能纵容那些票贩子，”她指责我道，“你瞧瞧，那些看不成电影的小情侣说不定就因此错失甜蜜相处的机会啦!”

我们最后放弃了看电影，虽然心里有些失落，但一定好过当排到我们的时候，却被告知“票已售罄”的打击要好。

“苏贝你饿么?”她问我，“我们能去吃回宵夜么?”

“有点。”我说，“你想吃点什么?”

“随便——我听你的。”

如果这里是中国，很多人的第一选择一定是路边烧烤、排档，对着冷风喝啤酒，我也不例外，而且现在的我经常怀念在路边喝酒的姿态。不过这德行在国外就行不通，比如美国，您不能在街边喝酒，甚至自家的阳台上都不能。

最后我们选择了一家意大利比萨店，就在她住的小区附近。

“亲爱的，你在想什么?”我的心思早已飘到九霄云外，不是在思考案子，而是在猜想简·格兰小姐这会儿在干吗，我突然有些担心她。

“哦，没什么。一点小事。”

“你看上去非常焦虑，让人很担心。”

“我想好好睡一觉就没事了。”

“你今晚还要回你住的地方?”

我点点头。是的，我的电话只有在晚上才会忙碌。

我把她送回家，然后坐了一会儿。我们拥抱、接吻，然后突然灯泡坏了——

“今天真是霉运当头啊!”我们被迫终止亲热，她说道。

她从抽屉里翻出手电，然后又从柜子里找到一个可以用的灯泡，她本来是要自己替换，不过我说——

“这活儿我熟悉，我来。”

我站上椅子，她在下面用手电照着，很快我重新拧上了灯泡，屋里恢复了光亮。我从椅子上下来的时候，她已经把手电放回抽屉，紧接着搂住我的腰，“但愿以后我们每天都能在一起。”

“但愿如此。”我说。

我回到胡同，也许正如乔安娜所言，我确实够焦虑的，以至于有人在背后不停地喊我的名字我也没有听到。

“苏贝！”简挡在我的前面，双臂张开，盯着我说道，“我想清楚了——”

今晚的月色不错。夜越深，月光就越柔美，穿过万丈天空而倾斜在人间，依旧不失光泽。就好像此刻月光打在简的脸上，在我眼中是一个多么温情善良的女子啊！

“你说我可以每天晚上来找你——”她继续说，凝视我的双眼，我的目光居然开始逃避她的视线，“这话还算数么？”

我默不作声。

“那好！”她放下双手，“我知道了，我明白了！”

她转瞬离开，而月光残留在我的眼前，却顿时少了些活力。我抬起头，没有仰望星空，只是望着自己破屋的方向，继续走去。

我第一时间查看了电话，没有人来电，然后安心地脱掉衣服，躺在了我的木板床上，直到第二天上午我被一阵刺耳的电话铃声惊醒——

“喂，您好，请问阁下找谁？”

是宫先生打来的电话。他对我道歉，他的弟弟田野山二先生下午临时有事不能来参加我们的面谈，不过他可以代替他的弟弟与我交谈，因为他的弟弟已经事先把我想知道的东西都告诉了他。

我挂断电话没多久，理查先生又打电话来找我——

“没戏了！一切都被毁于一旦啊！”不知是什么事情会让这位新西兰人如此悲观。

“苏贝——”他继续说，“你晚了一步啊，你赔了投资人的钱，功亏一篑！”

我还是先恳请我的老板保持冷静，然后告诉我发生了什么事儿。

“凶手死啦！”他说，“您看过今天的报纸了么？不，您一定没看过！您瞧瞧您昨天都跟我说了些什么？您和旅馆老板的谈话？您还记得吧？您对他起了疑心，我们匿名报道，这是媒体的公众责任哪！可是今天他死了——”

“谁死了？”

“旅馆老板——您说的曾先生，”他说着，“他就死在自家的旅馆内。我们今天才报道，他就死啦，群众会怎么想？他们以为我们早就知道真相，并且认为这一切都是我们在背后操纵的！可我们只比他们提前一天知道真相而已，不是么？他——凶手的死与我们何干？”

我不太听得懂他的意思，也许是因为太心急才让他的逻辑不清晰。

“总之，他的死太巧了。”他最后说。

而至于他为何会如此慌张，也许是因为死者已逝，让活着谋利的人捞不到好处。

今天的气色不错，我对着镜子剃着胡楂，自我感觉着。男人的胡楂就跟女人的化妆品一样，稍微打理一下，看上去立刻能年轻好几岁。

我在小卖铺买了份报纸，还有一只热狗，然后打了辆车，吩咐司机去威尔街 189 号。路上的时间足够我翻完整份报纸了，与之前不同的是，报纸封面上大笔墨刊登了这件案子，而关于大选的政治性新闻却缩小了版面。

也正因为如此，群众都把注意力集中在案子上来啦，当大家在猜测凶手与旅馆老板是否为同一个人时，他却死了。

今天是倒数第三天，我提前完成了理查先生的任务了。

我到达地点时，罗不拉已经派人围住现场，而乔安娜在一旁抽泣。

“他是个好人哪，怎么成了杀人凶手呢！”乔安娜对着警察哭诉着，而我没有到她的身边，我很想靠近她，但是两个家伙拦着我，不让我进去。

“事情越来越糟——”罗不拉抽着烟对我说道，“真不知该怨谁！”

“真希望一切到此为止。”罗不拉皱着眉头叹息着说。

如我所想，但是死神不这样想。

我跟着罗不拉去了现场，还是在那个狭小的房间里。死者双腿跪地，面朝床铺，头磕在地板上，这是显而易见的赎罪姿态，他在向骆桃儿道歉。

而除此之外，一把匕首刺在胸口心脏。

因为我的戳穿，所以老曾畏罪自杀了？我心里问着自己。我只是说他刻意隐瞒了一些真相，但是我没有绝对地肯定他就是凶手，而且我找不出在自己的旅馆里杀人会对自己的生意有什么好处？

“畏罪自杀——”罗不拉说，“今天就让一切真相大白吧！”

是乔安娜报的警。她上午来上班，一直听到房内有电话在响，她确定是从一楼最角落的房间传出来的，断断续续一直在响，门没锁，她顺势推开门，铃声清晰了，却看到了自己的老板跪在地板上死去。

她的话属实，老曾的手机放在口袋里，上面有同一个号码拨打的 23 通未接来电。由此可见，在第一通未见来电之前，他就死了。

“我们已经联络通讯中心——”罗不拉说，“但是能从手机里跳出一把锋利的匕首么？”

“也许能，”我说，一切皆有可能，不是么？“但是得先搞清楚是不是这把匕首要了他的命。”

我送乔安娜回家，她坐在客厅沙发上一言不发，像是受到惊吓的小孩儿。

“他是个好老板，是我遇见过的最善良的人——”过了好一会儿，她才开口说话，“却成了谋杀案的凶手啦！”

“世事难料。”我说。

“可他自始至终都是忠诚的人，你看他跪在地板上祈求上帝的原谅，他悔过自新了。”

“但有的错误是不配得到原谅的。”

“是吗？”她说，“你也这么认为他该死？”

我只是说，我们每个人都要为犯下的过错付出代价，无论错误大小，最后都是由自己来埋单。

“我们不可能永远都一直做着正确的事——”

“所以我们一生都在付出。”我回答她。

我一直陪她待到中午，她想做午餐，我没同意，因为心情不好的时候做出来的饭菜亦是苦涩之味，所以最后我担起了做饭的活儿。

我的手艺不坏，尽管这是我十年来第一次下厨，可我一点也不感到羞涩。很快我烹饪出两碗“盖浇面”，这可不是真正的盖浇面，只是形式上类似而已。

“你接下来有什么打算?”我问乔安娜，因为她此刻已经失业。

“还没想好，”她说，“也许我会先考虑回我的家乡——”

“美国还是墨西哥?”

“都一样吧，”她说，“你不会离开这里的，对么?”

其实我能不能继续逗留在本市的决定权并不在我，而在那些执政人手里，他们要遣送你回去，你就必须得滚。十年前刚来本市后不久，我就四处奔波地想办理本地户口，哪怕是半年的暂住证也好，可结果呢，复杂的程序弄得我烦啦，我放弃了，然后到现在依旧是本市的黑户。

“如果他们赶你走，你会愿意跟我一起回墨西哥去么?”她继续问我。

“应该会。”我回答她。除此之外，我别无去处。

中午过后，我便要离开乔安娜家，她送我到门外，在我脸颊上留下深深一吻，而这一吻后来苦苦纠缠了很长一段时间。

下午 2 点钟的时候，我率先到达我和宫先生约定的地点——一家咖啡馆，就在“布道人”对面那家，开头那会儿我和罗不拉要去来着，只不过那天关门了。

我坐在靠里面点的位置，这里相对于窗户边光线暗了很多，不过贴心的老板为我打开了一盏灯，这突然让我想到了深夜天空下的月光——

我无意伤害简·格兰，我想她总有一天会明白我的本意不坏。可是她是个顽固的女孩儿——我宁愿她还在东街，这是我最后的想法，当我抱着她的尸体的时候。

半杯咖啡的时间，宫先生准时来到我跟前。

“抱歉，我让您久等了。”

“几分钟而已。”

他环顾了下周围环境，然后点了杯蓝山。

“那我们开始吧——”他说。

我们聊了将近两个小时，各自喝掉5杯咖啡，其间他上过2次厕所，而我去过3次，老板为我们多加了一盏灯。

“宫先生——”我说，“这个劳烦您帮我转交给藤原瑾小姐。”

我没忘记热情的藤原小姐说过她要回日本结婚的事儿，而且我答应过她在她离开本市之前为她准备一份礼物——一对红宝石耳钉，我路过东街一家饰品店里买的，不算太贵，但我能想象这串耳钉戴在她的耳朵上会是多么美丽动人。

“她一定会非常感谢您的。”

宫先生先离开，而我又喝了半杯咖啡，等到天色又暗过一层才离开咖啡馆。

接下来去哪儿？“布道人”酒吧就在我的跟前，我只要抬起脚，就能进去。我真的差点迈进“布道人”的大门，只是我临时又缩回了脚。

哪儿也不去，还是回我的破屋待着吧。我朝着我胡同的方向走着，一边回想我跟宫先生刚才的谈话——

田野山二承认了自己假用“川岛先生”的名字去东街找乐子，上个月5号他确实在威尔街189号过夜，不过他与命案毫无关系，他仅仅就是一个单纯的旅客而已。

“那天天气很恶劣，这您知道——”宫先生这样说，“情况越糟糕越会让他感到兴奋，他是这样跟我说的，那晚他非常兴奋，他迫不及待地要找女人——”

“然后呢？”

他继续替他的弟弟回答着，“然后他想到了住旅馆里的女人，所以他才住进威尔街189号。”

“您继续说。”我说。

“他住在二楼，登记的时候他看到二楼一房间住的是一位女客人，她不幸地成了他的眼中猎物——”他说，“可结果呢？那里面根本没有住人！真是谢天谢地，他差点成为罪人！”

“他已经是罪人——”只要您有犯罪动机，您在主观上就已经犯罪，而行为犯罪追根溯源还是主观犯罪引发的，“那间房间的门号多少？”

“201号，他告诉我的时候还反复强调了两遍，我不会记错的。”

“可他后来是怎么解决的？”

“他一宿没睡觉，”他说，“直到暴风雨平息。”

接下来两天，我没做什么特别的事儿，只是去警局找过罗不拉，拜托他点事情，然后让他帮我准备点东西，我还去本市几家大大小小的药店看了看，然后去东街小区，也就是皮蓬死的地方逛了一圈，剩下来的时间，我基本就待在家中，哪儿也没去，电话也不想接，只是中午和晚上的时候出门买点吃的。

在最后一天的晚上，理查先生叩我的房门。

“苏贝先生，我知道您在里面。”他在外面喊着。

我打开房门，有礼貌地邀请理查先生进来坐会儿。

“您看上去很憔悴——”他对我说，然后看着我桌上的水壶，“您还用着它？这可是坏人的东西哩。”

“我还好，谢谢您的关心。”我早已从银行账户里把剩余的款项全部兑了出来，包括身上的零钱，大概有几千块，具体的我没数，这是我全部的家当。

“您这是什么意思？”理查先生说道，“如果您是为了补偿我的话，这大可不必。”

可我终究没有让新西兰人从死人身上捞到点好处。

“不，您做得过多的了——”他说着，然后从怀里拿出一包厚厚的包裹，“这是您剩下的报酬。”

我不明白他的意思。

“您会明白的。”他说完，然后不辞而别。

接下来三天都是好日子，明天是薄荷婚礼之日，后天是简·格兰演出的日子，而第三天则是本市大选之日。

所有的故事都必须有结局，尽管你不一定看到它的开始。

薄荷允许我携带自己的女友去参加她的婚礼，这让我考虑了整整一个晚上，直到第二天早晨我才决定给乔安娜打电话。同时呢，我也给谷去电，我之前承诺，我还会最后一次麻烦这位柬埔寨人，而此刻是兑现诺言的时候了。

我把桌上散落的财富总数点了一下，然后塞了 600 块钱在兜里，其他的放进一个袋子中。我好好装扮了下自己，剃了胡楂，刮了脸，打好领结，把皮鞋擦得光亮，我十年来还没像此刻这般隆重地对待过一件事情。

我在东街一家首饰店买了一份小礼物，我也不清楚多少钱，只是把袋子甩给收银员，她惊愕地看着我，如不是我今天干净的装扮，她会以为我是劫匪。5 分钟后，她把礼品放进一个小盒子中给我，然后还给我袋子，顿时感觉袋子里空空如也。

我把礼物揣进口袋，然后把袋子里剩余的钱数了数，还有不足 1000 块钱。在经过一家教堂门口的时候，我把袋子里的钱全部放进了积德箱中。

而从此刻起，我的财富只剩下 600 块，但是我却感到内心的舒坦。

我在路口等了许久，我以为谷不会来了，但是他还是准时来了。我在东街路口上了车，我们得先去乔安娜家接她，然后一并去参加薄荷的婚礼。

而从这里到乔安娜的住处还需要一段时间，足够时间我跟他谈谈——

“后天总决赛——”谷说，“荷兰队对阵西班牙队。”

我点了点头，是的，没错。

“你杀了路易斯——”我说。

他紧急踩了一脚刹车，然后让后面一辆车先向前。

“您在说什么啊？”谷对着我说，“我跟他没有半点关系啊！”

“凶手和死者之间需要有关系么？”

我以为他会把车停在路边和我对峙，但是他却一直平稳地看着车。

“好吧——”谷说，“可凭什么说是我干的呢？”

“一开始我也想不明白这个问题。”

“是的。”他说，“杀人总要有理由。”

“不过我很快就猜到了答案，”我说，“在你杀死皮蓬的时候。”

“您越说越离谱了。”

“先说说路易斯的死吧——”我说。

第二天早晨我从医院偷溜出来，然后给谷打电话来接我去路易斯住处，我看到他车轮胎上沾着些树叶小草之类，而且还未干，看上去他刚出了趟远门，而且一定是潮湿地带，而这些刚好吻合了南巷的地理环境。

而在车到达加油站附近时，我下车去烟店买烟，本来我是想随便买包烟来着，但是让我想到了谷第一次给我抽的烟，那味道确实不赖，我还特地看了一下牌子，“MAT”，他说他在这家小烟店买的，可是烟铺主人根本不知道这种品牌的香烟。

所以开始怀疑他了——但如果只是到目前为止，我只是怀疑。但也从那以后，我没有再利用我的柬埔寨人为我开车。从一开始柬埔寨人接近我，他就是以一个间谍的身份窥探我的一举一动，他去加油，只是把车停在加油站，他也没有买烟，而且隐匿在某个地方窃听着我和路易斯的谈话。

“直到后来皮蓬死在家中——”我继续说。

天知道皮蓬和谷就住在同一小区，而且谷就住在他楼上第二层。这是我后来来这里的小区逛一圈得知的，我找年迈的老大爷聊天，然后得知。而事实上在我目睹皮蓬死亡现场的时候，我便已经知道谁是凶手——皮蓬是中毒死亡，罗不拉给我提供了尸检报告，是一种氰化物，它能瞬间使人毙命，尤其是把它的粉末掺杂在烟头上，会让抽烟者在毫无征兆的情况下殒命。

“烟头？为什么不是倒在茶壶中？”他说。

“地板上有烟灰，尽管凶手清理过，但是他只拿走了烟头——”我说。

“可这又如何？我给他抽烟了吗？”

“是的，正是如此。”我说，“你发现了皮蓬在调查MAT牌子的香烟，而事实上这款香烟只有你有，它是柬埔寨军人抽的烟，我说得对么？”

这句推测只是在我肯定谷就是凶手后，我反推理得出来的结果，而且后来得到了证实。

“然后呢？”

“你不仅是一名柬埔寨军人，你的真实身份还是一名特工。”我说着，铿锵有力地告诉他结果。

虽然窗户是合着的，但是我打开窗户后，还是看到了脚印。

“我推理，你当晚去楼下做客，然后给了他一支有毒的香烟，”我说到这里，谷在路边停下了车，我们在车内对话，“你们聊着，然后不知不觉为他点燃了香烟——”

“那我为何不从大门出来，而从窗户溜走？”他长笑一声反问我说，“您的推理不符合逻辑。”

“因为你要制造封闭的空间——”我继续说，“你不想让他的尸体很快被发现，因为中毒的尸体尸臭味很重、传播快，所以你必须要做好封闭处理，你反锁了房门，制造人不在家的假象，只是你低估了我的鼻子，尸体和酒精的味道是我最熟悉的家常便饭。”

“可杀人总要有动机吧？”

“你知道他在调查你的香烟，而且——”我说，“而且我想他定是从别的地方打听到MAT牌子香烟的出处了，所以迫不及待地打电话给我。可是那晚我不在家，错过了他的电话，我相信这点你应该知道——”

“如此说来，我是要杀人灭口？”

“他到死都不知道你是柬埔寨人，你抽的就是这款牌子的香烟——”我说着，自己点燃了一支万宝路，“你必须要杀了他，否则你的身份就会被暴露。”

“既是如此，你为何不早点揭发我？”谷不惊不喜地问我。

我们在路边停了有两支烟的时间，然后谷才重新启动车朝着乔安娜住处驶去，而关于他为什么要杀害路易斯·陆，他只是个特工，奉命行事而已。

我在想，如果那天在小区里，我接受他的邀请去他的家中做客，他会不会要了我的命。

“也许会——”谷说，“我知道你第二天肯定会来找他，你一定会给他回电，但是他死了，没人接听电话的话你一定会找上门来，所以我才反锁了门，只是我不知道你的鼻子胜过警犬。在我不确定您知道多少真相的情况下，我或许会杀你灭口，但是您很聪明地拒绝了我的邀请——”

接下来我们没有继续谈论这些事，而且回到了谷热衷的话题——

“您说——”他说着，“我死后会怎样？”

我抽着烟，思索片刻说，“不管走在哪一层，你都不会孤单。”

“我宁愿孤孤单单地走在最下面一层。”他说着，眼角泛起了泪花。

回到他刚才的话题，我为何不早点揭发他？他只是个特工，他不会去伤害与事件本身无关的人，我敢肯定他是个忠诚的军人，他只是履行作为合格士兵的职责而已，何况，他救过我的命。

“也许孟婆汤是最好的解药。”他最后说道。

我们在乔安娜住处停下车，我从车里出来，而谷保持着一贯作风坐在车里等我，只可惜这次他没有在原地，等我和乔安娜回来的时候，车已不见。

我什么也没有说。

乔安娜今天的着装看似一个王妃，威严又温柔，我走在她身旁，却仿佛隔着千丈远的距离，也许就是因为她多了一点点王妃该有的威严。

婚礼在一家哥特式风格的小教堂举行，我看着有一种似曾相识的感觉，哦，我想起来了，我曾一个人来过这里，我还看牧师台上放着的两本书《启示录》和《忏悔录》来着。

来宾刚好塞满了整个教堂。而我却看到一个熟悉的身影——

“嗨！”宫先生对我打招呼，“真没想到会在这里碰到您。”

“我也没想到。”我说。

“看来薄荷小姐是您的好朋友——”他说着，而我也瞬间明白了，今天是田野山二先生和薄荷小姐的婚礼。

我愣了半秒，然后回答他，“是的，我们认识很多年了。”

“您知道我本来是准备邀请您来的，只是我弟弟——”他继续说，“您知道的——所以非常抱歉。”

我没再听进他在说什么，我的脑袋顿时陷入一片空白。而等我再次恢复意识的时候，宫先生已经离开我的位置，只有乔安娜陪在我的身旁。

司仪在招呼所有人安静，因为婚礼马上要开始了。而在伴随着来宾的鼓掌声中，我仿佛穿越千层瓦砖而听见了从东街传来的枪声——

天哪！为什么要是这样的结局?！我眼睁睁地看着这个秃子牵着曾经是我的女人的手在红色地毯上安静地走着——

我逃离座位，像是着了魔似的把薄荷从教堂中拽了出来，“你不能跟他结婚!”我对她嘶吼着。

她沉默不说话，莫名其妙地看着我。

“你到今天才知道真相么?”她凝视着我的眼睛，看来她早已知道这一切。

来宾跟了出来，宫先生稳定住教堂内的喧哗。

原来从一开始我就遇见了田野先生，他去她家，而我从她家出来，我们在路上偶遇。

我不知道自己还能说什么。

“苏贝先生——”宫先生找到我们说，“可以继续进行婚礼了么?”

我像跟木棍似的站在她跟前看着她，我什么也做不了。

“宫先生，您先请回吧。”她笑容可掬地对田野先生说，“苏贝先生是舍不得我哩!”

他很听话地转身回教堂。

我恨这个看似儒雅的日本男人。

等我再次对视她的目光，她已经泪眼婆娑，可我真的想不到任何理由她会爱上这样一个沉默寡言的人。直到后来的一天，十字城重新恢复和平与安宁，而我继续为寻找我妻子的踪迹而四处奔波，她依旧住在西街威尔街35号，而我还住在我的破胡同里，有一天我又忍不住约她，她才肯告诉我当初的真相。而此时——

天色骤变，暴雨天气突袭。

田野山二先生在拥挤的教堂里本来就待得很压抑，他不想被许多人盯着，当然他最不想看到的还是我，我在暴风雨来之前搅乱了他的婚礼。

田野山二先生像头猛兽一样从教堂中冲进了大雨里，而他佩戴的礼花也飘落在雨水中，宫先生追着他，却不小心滑倒，躺在雨水中，望着他弟弟消失身影的方向。

婚礼就这样被我搅黄了。我后来常想，如果我当初决定不去参加她的婚礼，她会不会就已经嫁给了田野山二？

“贝，你喜欢她？”乔安娜问我，而此时她正在她家中的浴室洗热水澡。

我们都淋了雨，我吃了两粒感冒药，然后把衣服脱下来放在取暖器边烘着。

“那是很远之前的事儿了，”我说，“我只是不愿她嫁给一头猛兽。”

“看得出来，你们友谊很深厚。”

“我们认识有十年了。”

“能帮我拿下皮筋么？”她说，“就在我床边的第一个柜子里。”

我放下湿透的衣服去找她扎头发用的皮筋。

她推开浴室门，接过我手中的皮筋。

“这可比感冒药管用，你确定不洗热水澡？”

我摇摇头，关上浴室门。

没一会儿她从浴室走出来，我在认真烘着衣服，没有来得及看她。等我再看她的时候，她已从房间换好衣服出来，不过她看起来忧心忡忡的样子，我从没看到过她如此焦虑。

“我得回去了。”我说，然后套上烘干的衣服。

“回哪儿去?”

“回我的胡同。”

“可是事情不是都结束了么?”

“不！还没有。”

暴风雨小了，却换来了雨夹雪天气。

巴涅司令的故事还没有说完。

巴涅司令本来可以安度晚年啦，可是他天生是为战争而生。他后悔当初解散军队，他当时的力量完全可以横扫首都，而他才是国家的最大贡献者，他有绝对的理由和权力把那些窝囊的“领导者”从席位上赶到乡下去。他以为这些最高领导者会给祖国带来些改变，可是他等了几个月了，依旧还是老样子，和战争前一模一样，公民们经历过一场灾难，到头来依旧是对未来绝望。

巴涅司令想起当初自己起义时的誓言，他要为同胞们争取自由、平等和财富！可是现在呢，那些信仰他的士兵们用生命把侵略者赶出了祖国，指望着他能为改变国家做点什么，可是在最后，他却什么也没做!

巴涅司令找老亚当将军商量对策，因为老亚当将军依旧和士兵们保持着联系，他关心着每个人在退伍后的生活。不过第二天他们的对话就被上报给了最高领导者，紧接着第二天傍晚，巴涅司令就死在了他的花园中。

而第二天早晨，政府便向全国宣告了这一消息，他们感谢巴涅司令为国家作出的贡献，同时以国礼安葬老司令。而同时在第二天傍晚的时候，政府又继续发表讲话，老亚当先生随巴涅司令去了，他是祖国最忠诚的军人。为此，最高领导人还授予了巴涅司令和老亚当将军终身军人成就奖，巴涅司令生前拒绝接受，死后也没逃避得了。

我坐出租车在图书馆下来的时候，雨夹雪已演变成了雪天。

图书馆里的人不多，罗不拉在角落里的一张书桌上翻看着书，看起来很认真的样子。

“我一定让你久等了。”我说。

“你等会儿——”他说，皱着眉头专心致志地读着书，半分钟后，他才舍得放下手中的书。

“我想大雪会持续到后天。”

“最好能堵住家门，大家都别出来，大选临时取消。”他说。

是的，正如我所愿。

“他死了——”罗不拉说，“他用一支自制手枪打穿了自己的脑袋，死在自己的车内。”

我知道，他说的是谷，谷自杀了，纯粹的自杀。

“你猜得没错，”他继续说，“维克党被暗杀的几十号人身上的子弹口径相同，都是出自同一型号枪支，和他使用的手枪完全吻合。天哪！他居然连杀了几十号人！”

“不，”我说道，“只是同一型号，并非同一支枪。”

“你这话是什么意思？”

“他们是一个帮派——”我说，“不是一个人。”

本市在一个月前来了很多外地人，各种肤色，来自四面八方，他们不是生意人，不是游客，他们每天有组织、有规律地生活着，而自从他们进城之后，本市就不断有政客死亡，他们暗杀维克党内部的重要人士，让维克党人陷入恐惧，政府没有悉数曝光，而是把死亡人数缩小了十倍对外宣称，当局没有办法，懦弱让他们学会睿智，他们知道群众知道真相后肯定会对他们丧失信心，谁会信赖一个每天官员被谋杀的政府？何况大选在即的时候。

不过当局并没有就此打住，他们秘密调动着武装力量去调查真相，罗不拉等人就是其中一分子，所以他们一直忙着当局的事情，并没有闲着的时间和空间去理会其他的事情。一切为政治让路。

直到那天我们在皮蓬的家中遇到，我告诉他事情没那么简单，并且我事后让他帮我调查了两个人的身份资料。没用多长时间，我便从他那里得知——谷原是柬埔寨陆地特种兵。

“那23通未接电话呢？”我继续问他，我得感谢他，没有他的帮助，我在很多方面就是寸步难行，不过我也是反过来替他“建功立业”。

“通信中心说电话是一家旅馆内线拨出来的——”他说，“当然不是威尔街189号。是东街一家星级酒店。”

“如此很容易知道是谁拨打的电话？”

“是的，”他继续说，“酒店有正规登记——他叫做琼斯·麦迪逊，一位来自地中海的商人，他在过去半年内，几乎每个月都来本市一回，而且每次都住在这家酒店。”

看来琼斯先生的代号“M”是他的姓氏，而非职业。

“人已经离开了，他每次只在本市逗留一个晚上，他的轮船停靠在码头，第二天下午他就离开本市了。”

除此之外，我还请我的警官朋友费力查了点别的东西，他在一连串错愕表情中一个个地告诉了我真相。我们一直在图书馆内坐到天黑。

“对了，”我说，我已经准备告辞，“你看的是什么书？”

“《忏悔录》——”他说，“我推荐您也看看。”

我离开了图书馆，而罗不拉仍然如饥似渴地在灯光下翻着书。这书有那么好读么，竟会让人如此废寝忘食？

很显然，谷是复兴党的特工，他为复兴党办事。新西兰人是首当其冲被怀疑的幕后主使，因为谷替他办事，是他聘用给我的司机。而事实上，理查先生只知道谷是个司机，如果他知道谷还是个复兴党的特工，他也许从一开始就揭穿真相了，而要我干吗？

我给新西兰人电话，我希望他把真相公布于众。

“天哪，我竟然雇了一个特工！”新西兰人吃惊说道，“你是怎么发现的？这太匪夷所思啦！”

我没有跟他解释太多，我只想让他在明天大选之前把真相刊登在报纸上。而且我确定，他非常乐意干这件事，因为自始至终这是他的目的所在。

“这会改变世界的——”他说着，“后天的大选一定会被载入历史。”

我没再说什么，我弄清楚了一部分事情，但还有一部分事情依旧没有答案，比如骆桃儿一人分饰两角的游戏。

我关好门窗，外面的雪不出所料，越下越大。我什么也没干，直接盖上被子闭上了眼睛。

第二天，也许是睡得太沉或太久，但也许是因为有点感冒，我醒来时头有点疼痛。

我没有刷牙洗脸就跑去小卖铺买了报纸，我还真是头一回这么着急要去看一份早报。威尔街189号的报道并没有消失，而是和政治新闻搅和在一块，吞占了整个版面。

尽管外面下着大雪，但是群众对政治的热情并没有因为一场冰冷的大雪而降低温度，我又听到胡同串子的人从屋内跑到胡同口议论纷纷，他们七嘴八舌的声音让我感到厌烦。

下午的时候，我还是洗脸刷牙了，并且重新剃了胡子和刮了脸，看上去跟昨天一样干净，我答应过简·格兰今天要去参加她的演出，我不能食言。

我在小卖铺关门之前买了两份热狗，这足以让我填饱肚子。

晚些的时候，我便来到演出的剧场，里面挤满了观众，而他们大都是本市的达官贵人呢。演出分三章，第一章是某品牌内衣的服装秀，简·格兰前后出台3回，换了3套内衣，在结束时看官们仍依依不舍；第二章是话剧，演出的是《简·爱》里的节选——罗切斯特先生假装吉卜赛人来给简·爱小姐算命，以此来窥探她对他的感情，简·格兰饰演简·爱，她不仅是优秀的模特，还是不错的演员哩；第三章是钢管舞，表演者是简·格兰和她的一位搭档，这让剧场的热情达到了高潮。

“Hey——”有人敲我的肩膀说道，“我就知道您一定会来。”

原来是首尔的朋友——朴民。他现在真的是这帮姑娘的经纪人了，他为她们聘请了最好的舞蹈老师、表演老师来教她们，简·格兰是最出色的一个，因为她原本就有扎实的基础，而且很快驾轻就熟地学成了。

“您是个了不起的人。”我说。

“她以为你不会来——”他继续说，“你知道——她是爱你的。她像极了简·爱小姐，只是一个出身卑微，一个曾经接过客，但是她们的精神都是一样的，不是么?”

我为简·格兰小姐今天的成就感到骄傲，而除此之外，我别无其他想法。

“您不要考虑和她再见一面么?”

我摇摇头说：“最好您也别告诉她——您今天在剧场碰到我的事。”

我又看了一眼台上，然后转身离开。

我离开剧场的时候，里面还响着持续不断的掌声哩。

暴雪更猛烈了。没多长时间我已经感到大衣湿透，我就索性进了路边一家酒吧。看得出这是一间新开的酒吧，要知道本市内所有酒吧没有我不熟悉的，看上去应该刚开业不久，里面还是一股装修的味道。

我点了一杯人头马，然后无聊地看着电视，刚好是体育频道。明天下午2点，总决赛直播，荷兰队对阵西班牙队，现在都是赛前的一些热身预告呢，大多是两队在此次比赛中的精彩历程回顾，看得人血脉贲张，同时对明天下午的比赛充满着期待。

过了有一个小时，我的衣服稍微干了一点，我也刚好喝完杯中酒，我才从酒吧内走出来。我说过，我厌恶政治，我只是个没有选举权的穷鬼，可为什么会因为如此而被迫地搅和进一场政治斗争中?

你永远猜不到那些敢死队分子会在哪一秒突然就要了你的命，只要你让他们感到了不安，他们就会随时做好准备要了你的命。

一辆出租车在我的跟前停下，其实我也刚想要一辆出租车，但在我看清车里走下来的人时，我亦同时看到了在不远处有人拿着手枪对着我的方向——

然后我听到了枪声。

我甚至来不及喊一声，子弹已经从背后射进简·格兰的身体。

本该死的人是我，她救了我。

等所有的事情都结束，我和朴民在她的墓前，她的墓碑上刻着她说过的一句话，“因为爱，也是我梦想的一部分”。我永远忘不了那晚我抱着她的尸体时的挫败感，这种感觉堪比十年前我看着凶手从我的身边掳走马苏。

“巴涅夫人——”我这样称呼乔安娜。

这已经是第二天，早晨报纸上铺天盖地地说着关于复兴党的报道，他们雇特工、搞地下组织谋害官员，他们试图通过暴力手段夺取本市政权，他们是一支起义军！

复兴党的支持率急转直下，并且当局动用了所有武装力量护城。我委托罗不拉调查了威尔街189号的产权等资料，结果是一名叫做蜜雪儿·伊丽莎白的女士的所有权，除此之外，在一个月前，这位叫做蜜雪儿·伊丽莎白的女士刚刚买断了东街政府资助小区的产权。

而那个小区现在住满了各色各样的人。我更关心这位叫做蜜雪儿·伊丽莎白的女士究竟是谁，所以我去小区逛了一圈，我跟门卫老大爷聊了很多，但最重要的还是巴涅司令的死。

我去找皮蓬那回，我们一起进去皮蓬死去的房间，如果是一般人闻到中毒的尸臭味，并且看着一具尸体，他的第一反应会是惊讶吗？尤其当我后来看到他的手臂上有一块文身，他不经意露出来的，这是巴涅司令起义军的标志，媒体报道过，世人都知道，士兵都以拥有这样一块标记而感到自豪。

他不是平凡的退休保安大爷，而是有很深素养的军人，他见过千万种死法，而皮蓬的尸体只是最一般不过的罢了，以至于他忘记了一个平凡人面对一具尸体会是什么样的反应。他一开始就闻到了尸臭啦，但是他试图阻止我进门，只可惜他和谷一样，低估了我的鼻子。

“尊敬的亚当将军——”我去找他聊天，开门见山地这样称呼他，很显然并不是官方报道的一样说他已经死了。看似平凡的小区大爷——这是我早就拜托罗不拉调查的除谷之外的第二位人物。

他在抽着烟，牌子我不认识，兴许是从祖国带来的吧。他已经一把年纪了，头发花白到不能再白啦，他怎么还会想着起义呢？

这得从我在乔安娜家的那次——我帮她换灯泡，她打着手电照明。也许是心急，或者是因为黑暗，她忘了在黑暗中先关上抽屉的门，所以当我接上灯泡恢复光亮的瞬间，我看到了打开的抽屉里面放着一张照片，尽管她很快放好手电并关上了抽屉，我还是看到了照片上的人——是一位将军与她的照片，将军的模样和我在艾莉·斯嘉丽·约翰逊巴士酒吧中看到的巴涅司令照片非常相像。

再后来，乔安娜在浴室洗澡，我替她拿皮筋，但再也没在抽屉中看到那张照片，但意外的是，我找到另一重要证据——

“巴涅司令预感到自己要死啦，”老亚当将军这样跟我说道，“他想重新发动战争，可是我们都老了，经不住我们再耗一轮岁月，这让巴涅司令死不瞑目。”

“他后悔他解散军队了。”我说。

“是的，他后悔了，我从未看过他那天如此沮丧。”老亚当先生继续说着，“他连夜安排我和蜜雪儿小姐离开了祖国，第二天下午当我们逃出边境的时候，我就知道他死在了自己的花园里，你知道发生了什么？”

“我想我能猜到。”

他大笑着，“当局真够睿智的，他们在一天之内对着全国宣读了巴涅司令和我死亡的消息，这样一来天下就太平了，您能明白我的意思么？”

“我想我能明白。”

“他们还擅自做主为我和巴涅司令做了坟墓，然后举行了规模很大的葬礼，如果我是个死人，我会很感谢他们。”老亚当将军眼里满含悲伤地说着。

再后来，他们就来到巴涅司令的家乡——也就是本市，但是老亚当将军真的老了，他已经没有以前战争的时候那样睿智，所以蜜雪儿成了起义军的领袖，她让年迈的老亚当先生退休了。这是我的推测，老亚当先生没再说什么，他始终是个忠诚的人。

而现在，我顶着大雪来到乔安娜的住处，此刻电视上正直播着总决赛，同时距离大选结束还有 2 个小时，新的政府领导人呼之欲出，复兴党与维克党究竟谁能在选举中胜出？

她看上去很安静，没有一丝忧虑。

“你在称呼我么？”她环顾左右，对我说道。

我看着她，鲜亮的金色头发，美艳动人的脸蛋，此刻依旧让我春心荡漾。我说不清自己从何时起就开始怀疑她就是复兴党的领袖，就好像我不知从何时起就没有再在她家过夜。

真实的蜜雪儿·伊丽莎白是最后陪伴在巴涅司令身边的情妇，而这也是乔安娜的真实姓名。罗不拉通过当局关系得到了蜜雪儿·伊丽莎白的背景资料，和乔安娜的一致，而乔安娜只是蜜雪儿借用的身份，又是一人分饰两角的手段。

“伊丽莎白小姐——”我又说，“在路易斯·陆和皮蓬的尸体内都找到了氰化钾。”

我如是说。在路易斯·陆体内尸检出微量的氰化钾，同时被刺破喉咙，而皮蓬则完全是因为中毒而死，他应该吸入了有半支烟的量。

“苏贝你疯了么？”乔安娜靠近我说，而我却后退两步远离她，“你在说自己的女朋友是凶手？”

此刻电视上的比赛已经开局十多分钟，从一开始就很激烈，荷兰人与西班牙人疯狂地进攻着，开场没多久，荷兰人就吃到一块黄牌。

“我在你的柜子里发现了氰化钾药粒。”我说。

这就是我发现的另外的重要证据，我在她家的柜子里找到了氰化钾药粒。在一堆塑料药罐里我看到了一小盒没有标签的药罐，里面装着的是白色药片，看上去有不少，虽没有贴着标签，但是药罐底座却刻着三个英文字母“K”、“C”、“N”，它是这致命毒药的简化化学式。

“那又如何？”她没有继续靠近，只是说着，“我只是睡眠不好，它能让我安静睡觉。”

“巴涅夫人——”我又改口称呼她，“您会否认您曾经是巴涅司令的爱人么？”

她盯着我看，无动于衷。

“您的真实身份是蜜雪儿·伊丽莎白，您一个月前为什么要买断了东街政府资助小区？”我继续说着，“因为您招了很多人来本市，您得为他们提供住宿。”

“您不能这样诬陷我！”蜜雪儿·伊丽莎白小姐后退两步说道。

“不！我没有。”我说，“在给您换灯泡那次，我看到了您和巴涅司令的合照——我对巴涅司令的印象太熟悉了，因为我能在酒吧里看到他的模样。”

“照片并不能解释一个人的身份。”

“是的，所以我需要更充分的证据——”我说，“所以我恳请当局去调查您的身份。”

“看来一切您都已经了如指掌。”

“不！并不全是。”

“哦？还有您不知道的么？”她露出浅笑地说。

“路易斯的死——”我说，“你让谷杀了他。”

“他该死——他知道得太多。”

“不！他不该死！”我说，“他并没打算把你们的事情告诉我，他是个厚道的人。”

“此话怎讲？”

我一直想不明白路易斯·陆要跟我说什么。他本来计划在5号去超市购物来着，如果没有特别的事，他一定会按照自己的计划进行，除非他在第二天临时被迫改变了这个决定。

“我想——”我说，“他只是想告诉我，他喜欢你。”

蜜雪儿·伊丽莎白利用老亚当先生跟士兵们保持着联系，同时组织着士兵再次起义。而总有一些忠诚的士兵愿意重新起义，战争是他们存在的意义，所以他们从四面八方又聚到了本市。

“他是我们的邮差——”她说，“那天早上我安排他去外面散播起义的消息。”

比赛还在激烈斗争，西班牙气势汹汹，他们以为荷兰人吃了一块黄牌就会有所收敛，所以他们才敢变本加厉地进攻，而在半场结束的时候，西班牙人也同样吃掉了一块黄牌，两队谁也没有进球，比分0∶0。

“我只是让谷送给他几粒药片，他死得并不痛苦。”她看着我，目光变得温柔，“苏贝，我救了你的命——如果不是这样，谷不会被你发现，他就不会死，所有的一切你也都不知道！”

我明白。那晚我在教堂的门口独自喝酒，而谷从路易斯·陆的住处回来，我已经像个死人一样躺在路边，他告诉了乔安娜，而她用匿名电话，故意压低喉咙，发着低沉的男子声音报了警。一个被叉子刺破喉咙的人如何还能报警说话？

“苏贝，你忘了我对你的好了么？”她凝视着我的脸，字字句句地说着，“我有很多机会可以让你没命。”

下半场比赛很快开始，比赛的节奏比上半场更快，只不过荷兰人率先换上了替补，他们想借此消耗西班牙队主力的体力。

“但您是个好人，不仅如此，您还很有才华——我们需要您这样的领袖。”蜜雪儿说着，“我知道您一直在寻找您的妻子，但您不觉得这些都是无能的当局搞出来的结果么？您没有户口，拿不到低保，只是靠别人的救济过日子。”

我默不作声，无法回答。

“加入我们吧！”她继续说，“何况我们是相爱的——”

蜜雪儿的外套滑落在地上，她的金色头发散落在白皙的胸前，她在向我靠近。

“忘掉这些烦人的事儿吧，”她说，同时拉起我的双手，

"再过一个小时，一切都结束了。"

是的，再过一个小时，大选结果就出来了，天下便定。

"复兴党的支持率已经掉下来了——"我说。

"不到最后一秒，谁又能猜到结果？"

我早该猜到她是做好起义的准备的，她想武装夺取政权。

她开始顺着我的额头吻我，耳根，脸颊，然后嘴唇——

可我推开了她。

"一切结束了——"我说，"我来找你的时候你的小区已经被当局包围。"

"苏贝，我救过你，你却害我！"她惊恐地望着我，然后从柜子里掏出一把手枪——

"你是混蛋！"她用枪指着我的脑袋，"你身上没有半点巴涅司令的勇气，你是个懦夫！"

无独有偶。我们之间的恋爱自始至终都只是双方的替代品，她把我当成死去的巴涅司令的替身，而我在她的身上看到了我失踪妻子的影子，在我看她第一眼的时候，我就这样感觉，她真的像极了马苏。

她赤裸着身体，拿着手枪，而枪口就在距离我脑袋两公分处。

有那么一瞬间，我不想死，我的使命还没有完成，而又有那么一瞬，我希望就此结束生命。

而我知道这一秒必不可少，只是比我预想的来得早了些。可是我在想，为何她要坚持煽动战争，为何有那么多的士兵会不惜生命去参加战争。

"民主、自由和平等——"她说着，眼里都是泪水，这三个词是巴涅司令的口头禅，"这是每个人与生俱来的权利，但是我们生来都被遏制了，而战争是唯一让我们获得权利的捷径。”

但是只要是战争，它就意味着牺牲，牺牲士兵的生命，让公民们受苦，而结果只是为了追求那些虚无的权利和自由吗？

“现代文明不就是在不断战争中发展的么？”她这样跟我说，而眼泪已经顺着脸颊掉在地上。

这让我无言以对。

比赛结束。西班牙人不知在下半场何时偷进了一粒球，而荷兰人一粒球都未进，最后西班牙以一粒进球的优势获得了冠军。现场观众都在为这个立足于殖民地土地上的国家而感到骄傲。

而与此同时，从东北方向传来大约半分多钟的枪声——

她闭起了双眼，然后最后一滴泪落在地板上的衣服上。

“我们还有一场未看完的电影——”她说。

“会有机会的。”

是的，只要她愿意，我们现在就可以去，我并没有告诉罗不拉蜜雪儿就住在此处，他要费一番劲儿才能找到我们。

“是吗？但愿你是个好人。”她微笑着说，枪口在我脑袋边颤抖，“只是你能告诉我老曾为何而死的么？”

老曾的死对她来说是个意外，或者说，威尔街189号的命案与她毫无干系。她是个女人，她终究不清楚男人犯下的勾当。

“他被自己的灵魂杀害——”我说。

她打开抽屉，笑中带泪，放回了手枪，然后拧开了那瓶毒药——

我冲上去把药罐从她的嘴边打翻，可是这玩意儿你知道吃下一粒，就足以让你当即毙命。

乔安娜死在我的怀里，金色的头发被口中流出的鲜血染红。我替她扎好头发，穿好衣服，她安静地躺在床上，同时我拿走了她柜子里的手枪——和谷的一样。

我给罗不拉去电，告诉了他蜜雪儿的住址，不过当局只会看到一场大火。

我回到胡同，门上塞着一封来信，上面只写着“苏贝先生收”。

出乎意料的是，寄信的人正是琼斯先生。有些真相他没有勇气面对面跟我说，所以写信告诉我是个不错的方式。

琼斯先生是个同性恋，他爱骆桃儿，可是他没有办法。骆桃儿腹中的孩子不是他的，而是老曾的。他不是木材商人，而是个黑心军火商，半年前他接到本市的一批军火单子，骆桃儿跟着他来本市接洽客户，而客户正是老曾。而从那时候起，老曾就作为威尔街 189 号的老板，同时是复兴党对外的负责人。

信中说，那晚骆桃儿醉酒，他们就住在威尔街 189 号，他是个混蛋，他看着骆桃儿用贞节换来了这批军火的供应商身份，而这批军火就是要一批自制便携式手枪。

骆桃儿怀孕，她不知道自己喜欢的男人是个同性恋，她至死都不知道，她以为那晚是琼斯让她怀上的孩子。可是到头来，琼斯看着骆桃儿肚子一天比一天大，他就越来越感到自己的无耻，他恨自己，可他更恨她肚子里的孩子。

后来这对形式上的恋人就经常吵架，他不承认她腹中的孩子就是自己的种，他坚决不承认，当然也不说那晚发生了什么。上个月当他俩再回本市，那是他交第一批货的时候，骆桃儿擅自离开了他，她想搞明白真相，所以她必须要再回威尔街

189 号。

她不该玩这出戏，那个狭小的房间是她失去贞节的地方，她本不应该回来。路易斯·陆不小心错开了 201 号房间，但是他忘了关上，她只是专心致志跟琼斯先生打着电话，他们还在为孩子的事情争论不休，而她伤心极了。

她发现有人来过，她的预感是明智的，白天，她在 201 号房间的门后自己安装了摄像头——她把身份暴露在 201 号房间，定然有人忍不住来找她。

在四周无人的时候，她又悄悄回到一楼的小房间，可是她不知道的是，在二楼的田野山二先生已经虎视眈眈地盯着她的 201 号房间很久，并且紧跟着她下了楼。

事情就这样发生了。

老曾知道 201 号房间的女人就是骆桃儿。他以送水壶为由敲 201 号房门，但是没有人应，他就用备用钥匙打开了房门——如果不是田野山二用过量的乙醚把她迷晕，她兴许就能在安装的摄像头中知道是哪个混蛋强奸了她！

而接下来的事情，我想我比琼斯先生更清楚。

一个能让成年人昏迷的乙醚量足以使一个孕妇腹中的胎儿中毒死去。这时，田野山二看到了她的下体在溢血，他害怕了，想逃走，可无奈糟糕的天气让他寸步难行，他被迫在自己的房间熬过一夜，第二天一早便慌张离开。

可是她的厄运不止如此，她遭遇到二次杀害。

起初老曾并不知道，楼上楼下住的是同一女人。直到他去催促一楼客人退房，第一次敲门没回应的时候他就用备用钥匙开门进去了，他看到了骆桃儿，他慌张了。我想那时候骆桃儿应该从昏迷中醒来，但是身体丝毫没有力气，她一定哀求过他帮忙，可他害怕了，并且他一定发现了她的手机监控！

他拿走了她的手机，然后把她的衣服整理好，最后用匕首在她的手腕上划开了一道口子。

一直到下午 5 点，他才有把握地报了警。

琼斯先生最后在信中说道，他去了大西洋，他早就听说那里的海底沉睡着千年古老的王国，他想带着他的轮船下去看看，不想再回来。同时他记起了骆桃儿小姐的家乡，是在马来西亚一个叫做“普拉”的小岛上，他希望我能给她的父母一个交代。

田野山二最后一次被发现是死在冰湖之中。要知道，当我拿着他的照片在本市的药店打听时，他几乎在每个药店都买了点乙醚。

因为战争及天气的原因，大选被迫临时中止，而改在了大雪之后。但是谁又能预测到这场雪会不会一下又是半年呢？就好像你想象不到卢品赖又第八次出现在了候选人名单上，我也不知道他何时失踪又出现，但是你敢肯定的是，这样的事情未来还会发生。

老亚当将军有一件事没有告诉乔安娜，那就是本市住着巴涅司令的原配夫人，他不告诉她是对的。

究竟死了多少人已经很难统计清楚，只是新西兰人现在非常富有了。那天，我躺在破屋中，他敲我门——

“嗨，伙计！”理查先生第一次不称呼我为苏先生或是“您”。

他给了我一包钱，足足有十公分厚。